AF186537

Jennifer Kämmer, geboren 1986 in Gießen, ist in der Provinz Málaga von Spanien aufgewachsen, wo sie an der Deutschen Schule 2004 ihr Abitur abgelegt hat. Inzwischen arbeitet sie als Angestellte bei einem Steuerberater und lebt für ihren Verein

„Esperanza Cats", der sich mit Herz und Seele für hilflose Straßenkatzen engagiert.

„Einsam mit Dir – Liebe hinter verschlossener Tür" ist ihr erster Roman, in dem sie, mit sechzehn Jahren, unter anderem eigene Erfahrungen verarbeitet hat. Da ein Ausschnitt ihres Werkes bereits auf ein interessiertes Publikum getroffen ist, hat sie sich schließlich, vierzehn Jahre später, dazu entschieden, es zu vollenden und vollständig zu veröffentlichen.

JENNIFER KÄMMER

Einsam mit Dir

Liebe hinter verschlossener Tür

ROMAN

www.tredition.de

© 2016 Jennifer Kämmer

Lektorat, Korrektorat: Detlev Devantié

Umschlag, Illustration: Fotolia © Oksana Churakova

Verlag: tredition GmbH, Hamburg

ISBN
Paperback: 978-3-7345-2459-2
Hardcover: 978-3-7345-2460-8
e-Book: 978-3-7345-2461-5

Printed in Germany

Für Carmen

Für die Welt
Bist du eine Mutter
Für mich
Bist Du die Welt

KAPITEL I

Sabrina knallte laut die Zimmertür hinter sich zu und ließ sich auf ihr Bett fallen. Sie kam gerade von der Schule und war sehr genervt. Es war nichts Neues, sie so zu sehen. Sie drehte sich zur Seite und schloss die Augen, um sich etwas zu beruhigen, dann atmete sie mehrmals ganz tief ein und wieder aus. Die letzten Tage waren wahnsinnig hart für sie gewesen. Nicht nur wegen der vielen Klassenarbeiten die sie innerhalb kürzester Zeit hatte schreiben müssen, sondern auch, weil ihr Freund ihr das Leben immer schwerer machte.

Es war nicht leicht, mit den Bedingungen ihrer Beziehung umzugehen, es war wirklich schwierig, denn es gab immer wieder Streit, da sie mit ihrer Situation einfach nicht glücklich war. Sabrina liebte Alexander über alles. Er war ihre erste große Liebe und es gab niemanden auf der Welt, der ihr dies ausreden konnte. Als sie damals zusammengekommen waren, hatte sie sich im siebten Himmel gefühlt, denn sie hatte sich schon so lange gewünscht, er würde ihre Gefühle erwidern. Zwei Jahre lang war sie wie ein wildes Tier hinter ihm her gewesen, zwar ohne Erfolg, aber sie hatte nie aufgegeben.

Selbst wenn er sich eine neue Freundin angelacht hatte, hatte ihr das zwar wehgetan, aber für Sabrina war dies noch lange kein Grund gewesen, das Handtuch zu schmeißen. Im Gegenteil, sie hatte ihm, so gut es ging, geholfen, ihm mit Rat und Tat zur Seite gestanden und einfach versucht, eine gute Freundin für ihn zu sein...Hauptsache sie konnte Zeit mit ihm verbringen, um ihn so noch besser kennenzulernen und eventuell, irgendwann Stück für Stück sein Herz zu erobern.

Tja, nun hatte sie ihn, ihren Traumtyp. Es war ihre erste richtige ernsthafte Beziehung, wenn man das unter diesen Umständen denn so nennen konnte. Doch mit Alex verging die Zeit so unglaublich schnell und das Kribbeln im Bauch bestand noch immer, bei jeder Berührung, jedem Lächeln und jedem Kuss.

Vorsichtig richtete Sabrina sich auf, streckte sich einmal ganz ausgiebig und öffnete die Augen. Ihr Blick traf wie gewöhnlich sofort das Foto von Alex. Es war ihr Lieblingsbild von ihm, eines, wo er lächelnd auf ihrem Bett saß und ein rotes

Herzkissen umfasst hielt.

Verdammt - dachte sie. *Warum muss das Ganze nur so kompliziert sein? Warum macht man es sich so schwer, wenn es doch so einfach sein könnte?* - murmelte sie in sich hinein.

Sie schaute zu Boden und schüttelte nachdenklich den Kopf.

Mein Gott, Liebe macht wirklich blind, wie konnte ich nur `ja` sagen, als Alex mich bat, die Beziehung vor unseren Freunden und seiner Familie geheim zu halten? Warum war mir nicht sofort klar, dass ich damit nicht umgehen kann? - ging es ihr durch den Kopf.

Über zwei Jahre war Sabrina nun mit ihrem heiß geliebten Alex zusammen, aber ihre Beziehung war alles andere als normal, denn es war eine geheime Beziehung. Als er sie damals fragte ob sie mit ihm gehen möchte, bat er sie zugleich darum, es erst einmal niemandem zu erzählen. Doch aus diesem „erst einmal" waren nun schon über zwei Jahre geworden. Zwei Jahre voll gemischter Gefühle. Warum keiner von ihrer Liebe erfahren sollte, das konnte sie sich noch immer nicht erklären. Damals, als sie sich so sehr gewünscht hatte, Alex würde sich ebenfalls in sie verlieben, hatte sie ihm immer versichert, sie würde alles tun, um mit ihm zusammen zu kommen, sie würde sich auf alles einlassen, denn sie wolle nur ihn. Und was hatte sie davon? Eine geheime Beziehung. Eine Beziehung, die eigentlich nur im geschlossenen Raum richtig stattfand und im Geheimen!.

Sabrina zwang sich schnell, ihre negativen Gedanken zu verdrängen und machte sich auf den Weg ins Badezimmer. Wie immer stellte sie sich vor ihren großen Spiegel und beschäftigte sich mit ihrem Spiegelbild.

Bin ich denn so hässlich, dass man mich verstecken muss? - fragte sie sich traurig.

Sabrina war nach ihrer Mutter gekommen, sie war groß und sehr schlank, hatte lange blonde Haare und ganz dunkle braune Augen. Um ihre Haare kümmerte sie sich besonders gut, sie sollten immer glatt sein. Sabrina hatte von Natur aus leichte Wellen im Haar, was ihr Aussehen ihrer Meinung nach um einiges verschlechterte. Manchmal schien es so, als hätte sie den Drang perfekt zu sein. Stundenlang stand sie im Badezimmer um sich zu schminken und ihre Haare zu glätten, erst mit dem Föhn, dann mit einem Glätteisen, immer und immer wieder. Und das tat sie jeden Morgen und jedes Mal, wenn sie aus dem Haus ging. Ihre Augen waren immer ausdrucksvoll geschminkt, denn dies war die einzige Möglichkeit, die ihrer Meinung nach zu kleinen Augen zu betonen. Die Wimpern liebte sie ganz schwarz und lang und der schwarze Eyeliner durfte auch nicht fehlen.

Schnell schaute sie auf die Uhr und erschrak. Es war schon 17 Uhr und sie hatte nur noch eine halbe Stunde Zeit, um sich auf das Treffen mit Alex vorzubereiten. Mit rasendem Herzen rannte sie zurück in ihr Zimmer und durchwühlte ihren Kleiderschrank. Wenn ihre Mutter ihr dabei zusah, wie sie wie wild in ihren Sachen nach dem passendem Outfit suchte, konnte diese nur noch den Kopf schütteln. Maria war der Meinung, dass ihre Tochter sich viel zu viel Mühe mit ihrem Aussehen gab, vor allem, wenn es um ihren undankbaren Freund ging, der sie ihrer Meinung nach gar nicht verdient hatte. Ständig brauchte Sabrina neue Klamotten und wollte immer auffallen, besonders wenn ein Treffen mit Alex anstand, da war sie nicht mehr zu bremsen.

Wahrscheinlich war es ihr so wichtig, besonders gut auszusehen, weil sie sich somit erhoffte, Alex könnte irgendwann so extrem stolz auf sie sein, dass er am liebsten in die ganze Welt schreien würde, wie sehr er sie liebe. Sie wollte einzigartig für ihn sein. Sie wollte, dass er immer an sie denken müsse, selbst wenn es irgendwann wieder zu einer Trennung käme. Ihr größter Wunsch war es, dass Alex irgendwann nie genug von ihr bekommen könne, dass er sie vergöttere, sie anhimmele und auf Händen trage. Er sollte stolz auf sie sein und mit ihr angeben wollen, statt sie vor allen anderen zu verstecken.

Doch sie konnte sich noch so sehr herausputzen, an ihrem Aussehen lag es wohl nicht, denn noch mehr hätte sie an ihrer Ausstrahlung nicht ändern können und laut ihren Eltern war der Aufwand wegen Alex sowieso viel zu groß, da sie es nicht nötig hatte, den ganzen Tag vor dem Spiegel zu stehen.

Schnell rannte Sabrina die Treppen hoch in das Zimmer ihrer Eltern.

«Sehe ich gut aus?» fragte sie, noch immer ganz aus der Puste.

«Klar so kannst du ruhig gehen.» antwortete ihre Mutter, wie sie es eigentlich immer tat. Das, was Maria meist am Outfit ihrer Tochter zu bemängeln hatte war, dass es zu kalt werden könnte.

«Kind, nimm dir doch eine Jacke mit!»

Diesen Satz musste sich Sabrina jeden Tag aufs Neue anhören.

Im Einkaufszentrum stand Sabrina wie immer an eine Säule gelehnt und wartete auf Alex. Er kam jedes Mal zu spät. Unpünktlichkeit war eine Eigenschaft, welche Sabrina und ihre Eltern absolut nicht leiden konnten, doch wenn Alex dann mit seiner absolut absurden Ausrede kam, aber dabei so unwiderstehlich lächelte, hätte sie noch so lange warten können, sie konnte ihm gar nicht böse sein.

Nach genau zehn Minuten kam Alex dann auch wirklich mit seinem roten Roller angefahren. Wie sie diese Dinger hasste, viel zu unsicher und gefährlich. Sie wollte auch nie bei ihm mitfahren, davor hatte sie viel zu große Angst.

Sabrina war froh, dass es dieses Mal nur zehn Minuten Verspätung waren, denn wenn sie ihn zu Hause zur Nachhilfe erwartete, konnte sie meistens mit einer halben Stunde Verspätung rechnen. Alex gab ihr nun schon seit einiger Zeit Nachhilfe in Mathe. Damals, als sie damit angefangen hatten, waren sie noch nicht zusammen gewesen, sondern einfach nur gut befreundet, doch hatte Alex sich schon immer ganz besonders um Sabrina gekümmert, wenn es um ihre Noten ging. Man hatte sie in der Schule oft weinen sehen, wenn es mal wieder eine fünf in Mathe gegeben hatte und irgendwann war auch ihr klar geworden, dass es so nicht weitergehen konnte, also war sie auf die Idee gekommen, Alex um Hilfe zu bitten.

Er war so unglaublich intelligent! Ja, das war es, was sie so an ihm liebte, sie konnte an ihm heraufschauen, wie sie immer so schön sagte. Also war es natürlich ein klarer Vorteil, den Jungen um Hilfe zu bitten, den sie nicht nur anhimmelte, sondern auch wegen seines Allgemeinwissens bewunderte. Alex willigte zu ihrer Freude sofort ein und gab ihr schon in den Ferien Nachhilfe.

Der Erfolg dieser Nachhilfestunden war atemberaubend: Sabrina schaffte es tatsächlich bis zum Schuljahresende von einer 5 auf eine 2 in Mathe und hatte nur um ein Haar die Note 1 verfehlt. Dabei war die schlechte Mathenote eigentlich das Beste, was ihr hatte passieren können, denn nun hatte sie Nachhilfe bei dem Jungen, den sie über alles liebte. Natürlich hatte es auch peinliche Situationen gegeben, denn anfangs hatte sie wirklich so gar keine Ahnung von diesem Fach gehabt und echte Anfängerfehler gemacht. Aber gerade, weil ihre Gefühle Alex gegenüber so stark waren, strengte sie sich besonders an und büffelte mehr denn je. Sie wollte einen guten Eindruck bei ihm erwecken und schnellst möglich besser werden. Wie man sehen konnte, mit vollstem Erfolg.

«Hi Sabrina, tut mir leid, dass ich zu spät bin» sagte Alex und gab ihr nicht mehr als einen Kuss links und einen rechts auf die Wangen, wie es in Spanien bei guten Freunden und Bekannten so üblich ist. Sabrina hasste es, wenn er das tat, sie wünschte sich nichts sehnlicher als einen richtigen Begrüßungskuss.

«Ja, ja Alex, sagst du das nicht immer?» entgegnete sie mit einem frechen Grinsen im Gesicht.

Sabrina war von Geburt Deutsche, doch aus gesundheitlichen Gründen waren ihre Eltern nach Spanien umgezogen, als sie erst drei Jahre alt gewesen war. Für sie war Málaga ihre Heimat und es gab nichts, was sie wieder nach Deutschland hätte ziehen können. Trotzdem war es ihren Eltern wichtig gewesen, ihr eine anständige Schulausbildung zu bieten, die es ihr später ermöglichen würde, nicht nur in Spanien, sondern auch in Deutschland berufliche Wege zu gehen. Die Deutsche Schule Málaga war dafür ideal. Dort konnten Kinder zweisprachig aufwachsen und zu einem späteren Zeitpunkt ebenfalls Englisch und Französisch lernen. Außerdem konnte man in der letzten Stufe das deutsche Abitur ablegen, aber gleichzeitig auch an der spanischen Hochschulaufnahmeprüfung teilnehmen, wenn man es so wollte. Wie für ihre Eltern, so war auch für Sabrina eines klar: Ihre deutsche Mentalität wollten sie niemals aufgeben und sie bewahrten sie sich auch im spanischen Umfeld.

«Na, dann wollen wir mal», sagte Alex, als sie das Einkaufszentrum betraten.

Sabrina hatte in Sachen Shopping eine ganz andere Einstellung als die meisten anderen Mädchen und Frauen. Dieses stundenlange Herumlaufen und in den Klamotten Wühlen war absolut nichts für sie. Sie bevorzugte das online Shopping, wenn sie ihren Kleiderschrank erneuern wollte.

Wie immer gingen sie also den gewöhnlichen, unkomplizierten und entspannten Weg, erst zum Zeitungsladen, dann rüber zu den Videospielen und zu allerletzt, gingen sie noch bei MC Donalds essen. Alex war immer ganz begeistert, wenn es neue Menüs gab. Er wollte immer alles probieren. Sabrina dagegen blieb lieber bei ihrem gewöhnlichem Burger, dem MC Chicken. Draußen war es kalt und Sabrina zitterte mal wieder, da sie nicht auf ihre Mutter gehört hatte, als es geheißen hatte, sie solle sich doch lieber eine Jacke mitnehmen. Sie schaute an sich hinunter.

«Kein Wunder, dass mir kalt ist, so wie ich rumlaufe», schimpfte sie mit sich selbst.

Sie trug einen ganz kurzen, engen Jeansrock mit einem Strass-gürtel. Obenrum ein kurzes, enges, schwarzes Top, wie so oft. Schwarz war ihre Lieblingsfarbe, wenn es um Klamotten ging. Es passte einfach zu ihr, wegen ihrer blonden langen Haare und um ehrlich zu sein, passte die Farbe oft auch zu ihrem Gemütszustand. Nur leider sah sie so auch manchmal viel zu blass aus. Sie hasste es, sich in die Sonne zu legen, um braun zu werden, reine Zeitverschwendung war das für sie und viel zu anstrengend.

Ihre Haare trug sie offen. Das tat sie immer wenn sie sich mit Alex verabredete, sie war der Meinung, wenn sie ihre Haare hochstecke, habe sie ein zu rundes Gesicht.

Nach nur zwei Bissen war Sabrina satt, lehnte sich zurück und schaute ins Leere.

Nachdem Alex seinen Burger verschlungen hatte, sah er Sabrina mit ernstem Gesichtsausdruck an.

«Sag mal,...stimmt irgendwas nicht oder warum isst du nichts?»

«Wieso? Vielleicht hab ich einfach keinen Hunger», entgegnete sie vorsichtig.

«Und warum machst du so ein genervtes Gesicht?», wollte Alex wissen, «Du bist heute so ruhig.»

Sabrina seufzte. Sie wurde nervös, denn sie wusste nicht, ob sie ihm gestehen sollte, was wirklich in ihr vorging. Eigentlich hatte sie ein Recht dazu, ihm zu sagen, was sie stört, doch die Angst war viel zu groß. Alex würde sie mal wieder nicht verstehen, davon war sie überzeugt. Ein Streit wäre somit garantiert.

Doch gerade das ließ sie an ihrer Beziehung zweifeln.

«Hey, hast du mir überhaupt zugehört?», meckerte Alex.

«Oh entschuldige, ich war in Gedanken.»

«Das bist du in letzter Zeit ständig, was ist nur los mit dir?»

«Ok Alex, ich wollte es dir eigentlich nicht sagen, aber...», sie hielt kurz inne.

«Was aber?», unterbrach Alex.

«Mensch, ich liebe dich über alles, ich bin echt froh, dich zu haben, aber ich bin nicht mehr glücklich. Klar bin ich glücklich mit dir, aber nicht mehr mit unserer Beziehungssituation. Ich will, dass alle von meinem Glück erfahren, ich will nicht nur hinter geschlossenen Türen deine Freundin sein, ich möchte überall zu dir gehören, verstehst du das denn nicht?» jammerte sie hilflos.

Alex lehnte sich zurück und verdrehte die Augen. Einen Moment lang sah er zu Boden und schwieg.

Sabrina wurde immer unruhiger, ihr war richtig übel, Gott sei Dank hatte sie nichts gegessen. Alles drehte sich in ihrem Magen und sie wäre am liebsten aufgestanden und weggerannt. Sie hatten seit Jahren einen nervösen Magen der ihr in solchen Situationen sehr zu schaffen machte.

Nach ein paar Sekunden schaute Alex wieder hoch und sah Sabrina empört an.

«Du kannst es einfach nicht lassen, was? Kapierst du es denn nicht? Wenn die alle erfahren das wir zusammen sind gibt es nur Stress, du weißt doch das die einen fertig machen und nichts Besseres zu tun haben als zu nerven. Ich habe dir doch gesagt, dass ich das auf keinem Fall mache. Wann verstehst du das endlich?»

Das war die typische Reaktion die man von Alex zu erwarten hatte wenn man versuchte dieses Thema anzuschneiden. Er zeigte meist gar kein Verständnis obwohl er innerlich genau wusste wie schwer die ganze Heimlichtuerei für Sabrina war. Doch manchmal, da gab es auch Momente, wo er richtig sentimental wurde und mit ihr verständnisvoll darüber sprach. Dann sagte er immer, er würde verstehen dass die Situation nicht angenehm für sie sei und dass er sich auch wünsche alles wäre anders gekommen. Aber der Satz „Es geht nun mal nicht anders" war immer in seinen Erklärungen enthalten. Sabrina hasste diesen Satz. Sie wünschte sich nichts sehnlicher, als dass Alex irgendwann die Augen aufmachen würde und seine Fehler einsieht. Eines Tages, sagte sie sich immer, würde er merken was er an ihr hat und auch stolz darauf sein, so stolz, dass es alle erfahren sollten.

«Alex, ich versuche das ja wirklich zu respektieren, aber du musst mich auch ein bisschen verstehen, mir ist es nun mal egal was alle anderen sagen, doch dir scheint deine Beliebtheit wichtiger zu sein als unsere Beziehung.»

«Das ist nicht wahr», seine Stimme wurde lauter, «du weißt ganz genau, dass es nicht darum geht, aber bitte, wenn du unbedingt willst dass unsere Beziehung den Bach runter geht sagen wir es denen eben, wirst schon sehen was du davon hast.»

In dem Moment hätte Sabrina am liebsten das Essen vom Tisch gehauen vor Wut. Doch sie wollte nicht aufgeben, sie wollte sich nicht geschlagen geben, schließlich hatte auch sie ihren Stolz.

«Weißt du was?», entgegnete sie empört, «vergiss es einfach, wenn du mir schon so kommst vergeht es mir, lassen wir das Thema einfach ok? Es war ein Fehler dich darauf anzusprechen.»

«Ok», bestätigte Alex zufrieden.

Tzzz, das kann es doch nicht geben - dachte Sabrina, *dem ist echt alles egal, ok, sagt der einfach.*

Von dem Moment an waren beide still, jeder schaute in eine andere Richtung. Am Tisch neben ihnen saß ein spanisches junges Paar. Sie hielten Händchen und beugten sich immer wieder vor um sich in die Augen zu schauen und sich anschließend innig zu küssen. Keiner von beiden hatte sein Essen angerührt, sie waren viel zu beschäftigt und hatten mit Sicherheit tausend Schmetterlinge im Bauch. Plötzlich drehte Alex sich wieder zu Sabrina und sah, wie sie den beiden Turteltauben neidisch beim Flirten zusah. Doch er schüttelte nur den Kopf und schaute hastig auf die Uhr, als würde er sich wünschen das Treffen hätte endlich ein Ende.

Sabrina war zum Heulen zumute. Sie spürte wie ihre Augen sich mit Tränen füllten. Schnell drehte sie sich zur Seite, packte sich ein Taschentuch aus der Handtasche und wischte sich die Tränen aus dem Gesicht. Als sie sich wieder zu Alex drehte, bemerkte sie wie er sie fragend ansah, doch sie sagte nichts, da sie befürchtete jedes neue Gespräch würde nur noch im Streit ausarten.

Wenige Sekunden später sah sie das Auto ihrer Mutter, die schon auf sie wartete.

«Ich muss gehen.» sagte sie mit gesenktem Blick.

Beide standen auf, räumten ihre Sachen vom Tisch und liefen zum Auto.

«Na dann bis morgen, wir haben ja Mathe» sagte Alex.

«Ja, bis dann» antwortete Sabrina und stieg in das Auto ohne ihn nochmal anzusehen.

Normalerweise hätten sie sich zum Abschied noch ein Küsschen links und ein Küsschen rechts gegeben, aber auf diesen Freundschaftskuss konnte sie ohnehin dankend verzichten.

Sie stieg ein und knallte die Autotür wütend zu.

Ihre Mutter konnte sich denken was passiert war und versuchte sie zu trösten, doch Sabrina wollte nur noch nach Hause, jetzt gab es nichts mehr was sie hätte aufmuntern können.

Sie stellte sich tausend Fragen.

Liebt er mich überhaupt?

Bin ich ihm peinlich?

Wieso können wir denn kein ganz normales Paar sein? ...

All diese Fragen schwirrten ihn ihrem Kopf herum und die eine tat mehr weh als die andere.

Was habe ich denn falsch gemacht? - fragte sie sich traurig, *Ich will doch nur eine ganz normale Beziehung, mehr will ich doch nicht, ist das denn zu viel verlangt?*

Sie schaute in den Beifahrerspiegel, ihr Selbstbewusstsein war ganz unten und sie begann ihren Anblick zu hassen.

KAPITEL II

a m nächsten Morgen war Sabrina mal wieder viel zu spät. Der Wecker hatte schon zwei Mal geklingelt, doch sie kam einfach nicht aus dem Bett. Nun hatte sie nur noch zehn Minuten Zeit, bis Alex, wie jeden Samstag, vor der Tür stehen würde.

Schnell wühlte sie in ihrem Kleiderschrank und suchte sich ein schwarzes kurzes Kleid heraus, welches Alex an ihr besonders schön fand. Sie zog es sich rasch über und rannte zurück ins Badezimmer.

Man bin ich froh, dass ich schon geduscht habe und meine Haare glatt sind, sonst hätte ich nun ein echtes Zeitproblem - flüsterte sie sich leise zu, während sie in den Spiegel sah. Ihre Augen hatte sie wieder schwarz geschminkt, doch sie benutzte keinen Lippenstift wenn sie Alex zuhause erwartete, denn er mochte es gar nicht, wenn sie sich küssten und ihre Lippen nach solch einem künstlichen Zeug schmeckten. Sabrina fand das schade da ihre Lippen geschminkt viel voller waren und es sah einfach besser aus, doch solange

Alex die natürliche Version von ihr bevorzugte, redete sie sich ein, dass er Recht habe.

Zum ersten Mal während ihrer ganzen Beziehung, war sie sich nicht sicher ob sie sich darüber freuen sollte Alex zu sehen, oder ob es doch besser gewesen wäre, wenn sie die Nachhilfestunde verschoben hätten.

Na ja...er kommt ja eh nur wegen Mathe - bestätigte sie sich selbst und versuchte einen anderen Gedanken zu fassen.

«Sabrina, rate mal wer hier ist?» schrie Maria von oben. Sie wusste, dass ihre Tochter sich innerlich, trotz dem Streit des vergangenem Nachmittags, über seinen Besuch freuen würde.

Sabrina verdrehte die Augen. Sie wusste nicht wie sie sich jetzt verhalten sollte. Angespannt eile sie mit schnellen Schritten die Treppen hoch bis zur Haustür.

«Guten Morgen» sagte Alex freundlich.

«Morgen» hechelte sie nach dem kurzen Treppenspurt.

Er war mal wieder eine viertel Stunde zu spät. Eigentlich war sie diesmal froh darüber, denn so hatte sie noch etwas Spielraum um die verschlafenen Minuten aufzuholen.

Schweigend gingen sie die Treppe hinunter und verschwanden in Sabrinas Zimmer. Wie immer legte Alex seine Sachen ab, sein Handy, seinen Geldbeutel und manchmal auch seine Uhr, die immer im Weg war wenn er sie umarmen wollte. Während dessen kramte Sabrina die Bücher aus ihrer Schultasche heraus und machte es sich am Schreibtisch gemütlich.

«Also, eigentlich habe ich keine Fragen zu den Mathe Aufgaben, aber wir können ja auch einfach nochmal alles wiederholen.»

Alex sah sie erstaunt an. Er war es nicht gewohnt, dass sie sofort anfing über Mathe zu reden, normalerweise wollte sie den Aufgaben aus dem Weg gehen und erst einmal ein wenig mit ihm über die neusten Ereignisse oder sonstiges quatschen. Sie schien also wirklich noch immer an die Diskussion des vorherigen Abends zu denken, das war nicht zu übersehen. Langsam stand Alex auf und kam von hinten vorsichtig auf sie zu um sie zu umarmen.

«Sabrina, was ist los mit dir?»

«Es ist nichts. Ehrlich!» antwortete sie und befreite sich aus seinen Armen. Alex schaute ihr nach und wollte wieder auf sie zugehen.

«Es ist noch wegen gestern hab ich recht? Es tut mir ja leid aber wir haben doch schon so oft darüber geredet», erklärte er vorsichtig um sie nicht zu provozieren.

Sabrina senkte auf ihrem Stuhl zusammen und versteckte das Gesicht in ihren Händen.

Alex setzte sich zu ihr. Langsam senkte er den Kopf und versuchte ihr Gesicht zu befreien, doch sie wehrte sich.

Als sie dann doch ihre Hände wegnahm, sah er ihre Tränen.

Sie konnte sich das Weinen wieder nicht verkneifen und es wurde so schlimm, dass sie gar nicht mehr aufhören konnte.

Schnell sprang sie auf und wollte ins Bad rennen doch Alex reagierte schneller und hielt sie fest.

«Sabrina wir müssen reden, so kann das nicht weitergehen.»

«Ich weiß, so kann es wirklich nicht weitergehen, aber wie soll es denn überhaupt weitergehen?» flüsterte sie mit verheulter Stimme.

Einen Moment lang sagten sie nichts, es herrschte absolute Stille. Alex nahm nur ihre Hand und zog sie neben sich auf das Sofa. Er sah, wie sie wieder stärker anfing zu weinen und hielt sie ganz fest in seinen Armen. Die Stille hielt eine ganze Weile an, man hörte nur wie Sabrina weinte. Die Tränen kullerten über ihre roten Wangen und ihr Kopf wurde immer heißer. Sie war wirklich am Ende. Nichts hatte sich in all der Zeit geändert und sie hatte all das über sich ergehen lassen, weil sie schon über vier Jahre in ihn verliebt war. Er wurde einer der wichtigsten Menschen in ihrem Leben und unter keinen Umständen wollte sie ihre große Liebe verlieren. Sie war bereit alles zu akzeptieren, obwohl es sie oft innerlich kaputt machte. Überall sah man Paare, die glücklich und fest umschlungen in aller Öffentlichkeit saßen und knutschten. Nur sie, sie hatte einen Freund, der offiziell gar nicht ihr Freund war und niemals in aller Öffentlichkeit ihre Hand nehmen würde, geschweige denn, sie zu küssen.

Was man nur alles aus Liebe tut,- dachte sie sich oft wenn sie mal wieder über ihre Beziehung grübelte.

Vorsichtig befreite sie sich wieder aus seinen Armen und wischte sich die Tränen aus dem Gesicht.

Alex drehte ihren Kopf zur seinen Seite und küsste sie.

Es war ein wunderschönes Gefühl. Genau das hatte sie jetzt in diesem Moment gebraucht, auch wenn es ganz und gar nicht zu der Situation passte, es tat einfach gut.

Nach einer Weile schaute Alex sie dann an und sagte:

«Tut mir leid, ich könnte ewig mit dir hier sitzen und kuscheln, aber ich denke wir sollten uns nun mal die Mathe Aufgaben anschauen, dafür bezahlen mich deine Eltern ja.»

«Du hast Recht, also, dann lass uns mal schauen.»

Beide setzten sich wieder an den Tisch und besprachen wie gewöhnlich alle neuen Aufgaben. Sabrina musste sich wahnsinnig anstrengen auch gut zuzuhören, denn Alex fragte alle fünf Minuten nach, ob sie auch alles verstanden hätte und wenn er den Eindruck hatte, sie hätte nicht aufgepasst war sie dran ihm zu beweisen, dass er sich irrte.

Doch es war so verdammt schwer gerade jetzt aufzupassen.

Alex hatte sich total in seiner Mathelehrer Rolle verfangen und Sabrina fragte sich immer wieder, wie er es nur schaffte die schulischen Dinge und das Private so gut voneinander zu trennen.

Sie konnte nicht einfach alles vergessen und sich nur auf Mathe konzentrieren. Aber sie versuchte es. Letzt endlich blieb ihr Blick doch noch an seinem Gesicht hängen. Sie sah ihn sich genau an, jede Mundbewegung verfolgte sie, jedes Lächeln studierte sie.

Es war schwer zu begreifen, dass sie womöglich die schwerste aber doch intensivste Beziehung aller Zeiten führten. Ihre erste große Liebe war zugleich die komplizierteste die sie wahrscheinlich je erleben würde und genau das verunsicherte sie.

Sie sah in seine wunderschönen großen braunen Augen und war dabei innerlich zu schmelzen.

Als Sabrina ihn damals zum aller ersten Mal sah, hatte sie absolut nicht damit gerechnet, dass sie sich jemals in ihn verlieben würde. Er war vom Aussehen her eigentlich gar nicht ihr Typ, doch er wirkte unheimlich interessant. Er hatte dunkelbraune kurze und hochgegelte Haare, braune große Augen, einen schönen Mund und richtig tolle Zähne. Es war umwerfend ihn lächeln zu sehen. Sie erinnerte sich noch genau daran, wie er damals neu in ihre Klasse kam und sich kurz und knapp folgendermaßen vorstellte:

«Hi, ich bin der Alexander, aber alle nennen

mich Alex und ich bin überhaupt nicht schüchtern.»

Damals drehte sie sich erstaunt zu ihm um und musterte ihn von oben bis unten. Ihr kam das Sprichwort „Große Klappe, nichts dahinter" sofort in den Sinn, aber sie interessierte sich nicht weiter für ihn. Bis zu dem Moment, als sie sich näher kennenlernten und sie sich schließlich ziemlich schnell in ihn verliebte. Von da an, war er plötzlich doch der wunderschönste Mensch auf Erden für sie. Was sie besonders an ihm bewunderte, war seine Größe. Mittlerweile war er schon 1.93cm. Groß. Sie fühle sich so wohl in seinen Armen, so beschützt.

Und nun saß sie da, völlig unkonzentriert, mit ihren Gedanken ganz wo anders, während er ihr mit tausend Beispielen versuchte eine Sachaufgabe beizubringen. Auf Mathe konnte sie sich nun ganz und gar nicht mehr konzentrieren, sie fühlte sich so hilflos und traurig. Ihre Augen füllten sich langsam mit Tränen. Immer wieder versuchte sie dieses schreckliche Gefühl zu unterdrücken, aber die Enttäuschung war doch zu groß um alles zu verdrängen.

Nun war es passiert, die Tränen schossen plötzlich wie wild aus ihren Augen. Sabrina sprang auf und rannte schnell ins Badezimmer. Dort weinte und weinte sie. Trotz ihrem Wunsch, endlich aufzuhören und etwas mehr Stärke zu zeigen, wollten die Tränen einfach nicht weniger werden. Immer mehr kullerten über ihre Wangen bis sie schließlich auf ihr Bein tropften und eine kleine Pfütze hinterließen.

«Sabrina, ist alles ok?», hörte sie Alex am anderem Ende der Tür fragen. Er klang besorgt.

Es fiel ihr schwer zu antworten, denn ihr Hals war wie zugeschnürt und sie bekam schon beinahe keine Luft mehr. Einige Sekunden später öffnete sie die Tür und zuckte zusammen als Alex genau vor ihr stand.

«Ist schon ok Alex, sag nichts», bat sie.

Sie marschierte zurück ins Zimmer. Alex folgte ihr mit stutzigem Blick, obwohl er genau wusste was in ihr vorging. Sabrina begab sich wieder an den Tisch wo die Mathe Aufgaben noch immer lagen, doch Alex zog sie noch einmal zu sich auf das Sofa um Klartext zu reden.

«Ok, ich merke es geht nicht anders, du hältst das anscheinend wirklich nicht mehr aus und ich kann dich auch irgendwie verstehen. Auch wenn ich noch immer befürchte, es könnte vielleicht etwas schief gehen, werden wir bald verkünden dass wir zusammen sind.»

Sabrina wurde plötzlich ganz blass und schaute ihn an als hätte sie einen Geist gesehen. Ihre Augen blitzten erstaunt auf. «Was? Wie kommst du denn auf einmal darauf?» fragte sie ungeduldig.

«Es bleibt mir doch nichts anderes übrig. Schließlich will ich auch nicht dass unsere Beziehung deswegen kaputt geht. Ich hatte gehofft du kannst damit leben, aber so ist es nicht, also bleibt mir doch gar nichts anderes übrig wenn ich dich nicht verlieren will.» antwortete er.

Sabrina saß stumm da und wusste nicht ob sie etwas dazu sagen sollte.

«Hör zu, wir machen es so», erklärte Alex nachdem er einen kurzen Moment lang ins Leere geschaut hatte um nachzudenken, «wenn wir das nächste Mal zusammen ausgehen, benehmen wir uns in aller Öffentlichkeit wie ein Paar und wenn dann einer fragt ob wir zusammen sind, geben wir es einfach zu.»

Sabrina bekam keinen Ton heraus. Sie saß immer noch völlig irritiert und fassungslos neben ihm. Alex wartete auf eine Reaktion, doch es dauerte eine ganze Weile bis Sabrina es zu begreifen schien. Ihr Puls beschleunigte sich. Plötzlich schaute sie ihn an, lächelte glücklich und fiel ihm um den Hals. Anfangs wusste sie einfach nicht was sie sagen sollte, denn eigentlich hätte es nie so weit kommen dürfen. Normalerweise war es selbstverständlich dass man zu seiner Freundin steht, also hätte Alex eher einen Arschtritt verdient, nachdem er die Beziehung so lange verheimlichen wollte, doch irgendwie freute sie sich einfach nur darüber, dass er endlich einsehen wollte, wie sehr sie darunter gelitten hatte und es ihr zuliebe tat. Es wurde auch höchste Zeit. Ehrlich gesagt, musste sie sich eingestehen, dass ihr nun alles andere egal war, sie war einfach glücklich endlich erleben zu dürfen, was es heißt eine ganz normale Beziehung zu führen.

Die Klingel unterbrach die Vorstellungsträume von Sabrina.

«So, ich muss dann wohl schon gehen», sagte Alex leise.

Sabrina, die ihn noch immer fest umklammert hatte, stöhnte genervt und richtete sich auf.

«Warum musst du eigentlich immer genau dann gehen, wenn es gerade am schönsten ist?» meckerte sie.

Alex lächelte und gab ihr einen langen sinnlichen Kuss.

Das Gefühl von ihm geküsst zu werden schien dieses Mal schöner denn je, da es mit so viel

Freude und Glück verbunden war.

Sabrina wünschte sich in diesem Moment nichts mehr, als seinen Vater wegzuschicken und Alex an das Bett zu ketten. Ihre Vorstellung fand sie jedoch selber so lächerlich, dass sie innerlich erschrak und anfing in sich hinein zu grinsen.

Wie jeden Samstag begleitete sie Alex noch zur Tür und hielt ihm vor, wie unfair es doch sei, dass er sie immer so früh verlässt und er nächstes Mal viel länger bleiben müsse. Alex kannte diese Rede schon auswendig und schloss sie mit einem

«Du bist ja nie zufrieden», und einem frechen Grinsen ab. Sabrina musste sich eingestehen, dass er Recht hatte, am liebsten sollte er immer bei ihr sein und gar nicht mehr nach Hause gehen.

Alex öffnete die Haustür und drehte sich nochmal um.

«Bis zum nächstem Mal Frau Kaiser, ciao Sabrina, wir sehen uns am Montag.»

Und schon war er verschwunden.

Sabrina stand noch eine Weile im leeren Flur vor der geschlossenen Tür und blieb stumm. Sie dachte nochmal über alles gründlich nach was Alex gesagt hatte, um nach einem möglichen Hacken zu suchen.

Jetzt fragt sich nur noch wann wir das nächste Mal ausgehen,- dachte sie sich, während sie gleichzeitig Angst vor der Befürchtung hatte, er könne das Ausgehen so lange verschieben bis Ferien sind.

«Na, alles klar? Geht es dir gut?» , fragte ihre Mutter.

Sabrina drehte sich kurz mit einem zufriedenen Lächeln zu ihr um und sagte:

«Besser denn je.»

Am selben Abend beschloss Sabrina viel früher ins Bett zu gehen als sonst. Sie hoffte einfach, dass die Tage so schneller vergehen würden, bis sie endlich irgendwann am Wochenende ausgehen und allen ihre Liebe gestehen.

«Gute Nacht ihr beiden», schrie Sabrina von unten.

«Gute Nacht, schlaf gut», antworteten ihre Eltern die wie gefesselt vorm Fernseher saßen und sich den neusten Tatort ansahen.

Schnell sprang sie in ihr warmes Bett und kuschelte sich unter die Bettdecke. Sie schloss ihre Augen und versuchte sich vorzustellen wie der Tag des ‚Gestehens' ablaufen würde. Immer und immer wieder versuchte sie sich alles zusammenzureimen : was sie sagen würde, wie die anderen reagieren würden...

Sabrina war wunschlos glücklich, endlich hatte sie das erreicht, was sie sich so lange gewünscht hatte.

Mit einem zufriedenen Gesichtsausdruck drehte sie sich zur Seite.

Plötzlich wurde sie von einem Schmerz aus ihren Wachträumen gerissen.

«Aua», schrie sie auf, «was zum Teufel ist das denn?»

Sabrina sprang aus dem Bett, kämpfte sich im dunkeln bis zum nächstem Lichtschalter durch und suchte einen Spiegel. Vorsichtig hob sie ihr Shirt und tastete sich ab, sie hatte irgendwas an ihrer Brust gespürt was unheimlich störte.

Auf einmal erschrak sie und wurde ganz blass.

«Nein, bitte nicht, bitte nicht jetzt», jammerte sie und tastete immer weiter an derselben Stelle.

Schnell rannte sie hoch zu ihren Eltern.

Diese erschraken ebenfalls als sie das ängstliche Gesicht ihrer Tochter sahen.

«Was ist los?» fragte Maria.

Sabrina stotterte irgendetwas vor sich her und stand noch immer unter Schock.

«Ich...also ich...» sie bekam kaum ein Wort raus.

«Ich habe so was wie einen kleinen Ball in meiner Brust, so fühlt es sich jedenfalls an, es ist hier in der linken Brust, an der Seite.»

Ihre Mutter sprang sofort auf und hob ohne zu zögern das Hemd ihrer Tochter.

Sabrina zeigte ihr die genaue Stelle wo sich dieses komische Ding befand.

«Mama, was ist das?», fragte sie ängstlich.

Ihre Mutter wusste nicht was sie sagen sollte.

Schon zum drittem Mal tastete sie ihre Brust ab, immer und immer wieder, von jeder Seite.

«Ich weiß es nicht Sabrina, aber wir müssen morgen zu deinem Frauenarzt.»

Sabrina nickte und war noch immer geschockt. Sie war erst 15 und konnte sich einfach nicht erklären wie in diesem Alter so ein Ding in ihre Brust kam. Sie hatte sich über so etwas nie Sorgen gemacht und hatte auch davor nicht bemerkt, was sich da in ihrer linken Brust entwickelte.

«Du musst jetzt versuchen zu schlafen Sabrina, wir gehen morgen sofort zum Arzt, mach dir keine Sorgen.» Sagte ihre Mutter.

oOo

Sabrina saß schon früh am Morgen im Wartezimmer beim Frauenarzt. Nervös blätterte sie eine Zeitschrift durch ohne wirklich irgendetwas zu lesen.

«Verdammt wieso dauert das denn so lange», beschwerte sie sich.

Immer wieder suchte ihr Blick die Sekretärin die bloß mit den Schultern zuckte. Dann schaute sie ihre Mutter an und verdrehte vor Wut die Augen.

Zehn Minuten später war es dann endlich soweit, der Arzt kam hinaus und bat Sabrina und ihre Mutter zu sich herein.

Mit schnellem Gang bewegten sie sich auf den Arzt zu, schüttelten kurz seine Hand und gingen schnell weiter in den Untersuchungssaal. Die hatten ihn telefonisch schon vorgewarnt und informiert.

Dort musste sie sich hinlegen und auf die Seite drehen. Der Arzt schaute sich das Ganze mit seinem Ultraschallgerät an. Vorsichtig ging er damit über ihre Brust und durchsuchte alles.

«Aha, da ist es ja, sehen Sie?», sagte er während er auf seinen Bildschirm deutete.

«Oh mein Gott», schrie Sabrina nervös, «was ist das denn? Warum sieht das so komisch aus?»

Der Arzt nahm ihre Hand um sie zu beruhigen.

«Ganz ruhig», sagte er leise.

Sabrina mochte keine Ärzte, doch ihr Frauenarzt war da eine Ausnahme. Er war ein ganz lieber Mensch und unheimlich einfühlsam. So unangenehm so ein Frauenarzttermin auch war, er wusste seine Patienten immer zu beruhigen.

In den darauffolgenden Minuten suchte er weiter, er kontrollierte auch die rechte Brust, für den Fall, dass sich dort auch etwas entwickelte.

«Ihre rechte Brust ist in Ordnung», bestätigte er.

Sabrina atmete erleichtert aus. Sie hatte vor lauter Nervosität die ganze Zeit die Luft angehalten.

Sie schaute zu ihrer Mutter die mit besorgtem Gesicht neben ihr stand und auf dem Bildschirm alles mitverfolgte.

«Sie können jetzt aufstehen und sich anziehen», sagte der Arzt.

Sabrina rannte schnell zu ihren Sachen, schaute sich noch einmal im Spiegel ihre Brust an und schnappte sich dann schnell ihren BH und ihr Top. Dann ging sie mit schnellen Schritten dem Arzt und ihrer Mutter nach in den Besprechungsraum.

«Wir haben es hier offensichtlich mit einer Art Zyste zu tun», erklärte er.

Sabrina und ihre Mutter starrten sich geschockt an.

«Eine Zyste?», sie hatte sich vorher noch nie damit beschäftigt «das kann doch nicht sein. Ist das sowas wie Brustkrebs? Bitte helfen Sie mir, ich habe doch keine Ahnung.»

«Wenn es wirklich eine Zyste ist, dann ist das nichts schlimmes, sowas bekommen viele Frauen, doch wir sollten sie entfernen».

«Was heißt entfernen?», fragte Sabrina, «ich lasse mich nicht operieren, wenn Sie das damit sagen wollen, ich habe panische Angst vor so etwas.»

«Als erstes werden wir es mit dem sogenannten „Punktieren“ versuchen. Das bedeutet Sie bekommen eine örtliche Betäubung, dann führe ich eine Spritze in Ihre Brust ein, welche die Zyste durchdringt und damit versuche ich die Flüssigkeit herauszuziehen.»

Sabrina schlucke laut.

«Ich habe aber wahnsinnige Angst vor Spritzen. Sie müssen verstehen, sogar Blutabnehmen ist für mich der Horror. Beim letztem Mal mussten mich gleich vier Ärzte festhalten.»

Sabrina schaute ihn Hilfe suchend an, doch er zuckte nur mit den Schultern.

«Es ist die einzige Möglichkeit und wenn es so nicht geht dann müssen wir operieren.»

Sabrina wurde ganz blass. Ihr Puls beschleunigte sich und ihr stockte der Atem vor Angst.

«Wir gehen jetzt lieber, ich werde ganz bestimmt nochmal anrufen und einen Termin ausmachen» versprach Maria, die wahnsinnig besorgt um ihre Tochter war.

«Mama...ich will das nicht machen lassen.» wimmerte sie.

KAPITEL III

Sabrina bat ihre Eltern das Thema Zyste für eine Weile ruhen zu lassen und sie nicht weiter darauf anzusprechen. Sie brauchte etwas Zeit für sich um nachzudenken.

Immer wieder stellte sie sich vor den Spiegel und ekelte sich vor ihrer Brust. Doch die Frage, die sie sich immer wieder stellte war: *Wie soll ich es Alex beibringen?*

Sie wusste, dass er vollstes Verständnis für sie haben würde und doch war es ihr unangenehm. Was sollte sie tun und wie sollte sie sich verhalten wenn er es sehen wolle? Sie konnte doch nicht einfach seine Hand weg schieben wenn er sie berührt.

Doch sie hatte Angst, er würde es von alleine entdecken und negativ darauf reagieren. Darum beschloss sie, es ihm schnellst möglich zu sagen. Immer wieder reimte sie sich zusammen mit welchen Worte sie es ihm erklären sollte, sie versuchte sich sein Gesicht und seine Reaktion vorzustellen.

Doch am wichtigsten war es ihr zu hören was er dazu sagen würde. Ob er ihr Mut machen würde diesen Eingriff durchzuziehen, oder ob er ihr raten würde noch etwas zu warten.

Schnell rannte sie zum Telefon und schnappte sich den Hörer.

Nervös wartete sie, bis es endlich anfing zu tuten, doch es schien keiner da zu sein.

«Ja hallo?» hörte sie Alex Stimme sagen.

«Mensch da bist du ja, ich dachte schon du seist nicht zuhause.» erklärte Sabrina erleichtert und hastig.

«Hey hey, mal ganz ruhig Sabrina, was ist denn los?»

«Ich muss dir etwas sagen», antwortete sie, «Aber ich habe Angst davor, wie du darauf reagieren könntest. Es ist so, ich habe eine Art Zyste in meiner Brust. Ich habe es gestern Abend selbst entdeckt als ich mich im Bett zur Seite gedreht habe.»

Alex sagte eine Weile lang nichts bis er fragte:

«Eine Zyste? Ist das nicht wie ein Knubbel?»

«Ja genau», bestätigte Sabrina und war erleichtert darüber, dass er mehr oder weniger wusste worüber sie redet.

«Ich war dann beim Frauenarzt und der erklärte mir, dass es eine Zyste ist und sagte sie müsse unbedingt raus weil sie zu schnell wächst. Sie muss punktiert werden. Ich habe solche Angst, du weißt ja, dass ich Panik vor Spritzen habe.»

«Ja, das kann ich mir vorstellen, tut mir echt leid. Sag mal, tut das denn weh? Also diese Zyste?» fragte Alex.

«Nein, nicht wirklich aber es stört so sehr. Zum Beispiel wenn ich mich auf die Seite lege. Ist eben sehr unangenehm.»

«Klar ist ja normal. Man, das ist ja echt doof, vor allem bei deiner Angst vor Spritzen und Operationen, wie du schon sagtest.»

«Eben», sagte Sabrina, «ich halte das alles nicht aus. Mensch Alex, ich bin so froh dass zwischen uns wenigstens wieder alles in Ordnung ist, das ist mir am wichtigsten sonst würde ich jetzt kaputt gehen.»

Alex sagte nichts.

«Alex? Bist du noch da?», fragte Sabrina.

«Ähm...ja ich bin noch da, ich muss jetzt aber auflegen. Wir sehen uns ja morgen, bis dann.»

Sabrina wunderte sich über seine plötzliche Eile.

«Ja, bis morgen dann.» antwortete sie noch

schnell bevor er den Hörer auflegte.

oOo

«Was soll ich nur anziehen?» fragte Sabrina verwirrt und zog mal wieder ein Teil nach dem anderem aus ihrem Kleiderschrank.

Ihre Mutter stand fassungslos neben ihr.

«Mensch Sabrina nachher bleibt das Aufräumen
wieder an mir hängen, kannst du denn nicht in
aller Ruhe etwas Schönes raussuchen?»

Sabrina drehte sich zu ihr und verschränkte die
Arme.

«Mutter, ich habe dir doch erzählt, dass heute
mein großer Tag ist. Ich muss alles geben, ich
muss umwerfend aussehen und so viel wie nur
möglich aus mir rausholen, schließlich geht es
um meine Zukunft mit Alex.»

Maria nickte bloß und verschwand aus dem
Zimmer.

Sabrina konnte ihrer Mutter alles anvertrauen.

Sie war nicht nur ihre Mutter, sondern zugleich
noch eine wunderbare Freundin, ihre beste

Freundin. Niemandem erzählte sie so viel wie ihrer Mutter, sie war der einzige Mensch auf Erden, der wirklich alles über Sabrinas Leben wusste. Es gab keine Geheimnisse zwischen ihnen.

Doch das einzige was Sabrina verrückt machte, waren die ständigen Sorgen, die Maria sich um ihre Tochter machte. Egal wo sie hin ging, immer sollte sie aufpassen, ja nicht zu nah an ein Auto gehen, es sollte möglichst immer jemand bei ihr sein und wenn sie Nachts die Disco verließ, musste sie jemand zum Auto begleiten.

Das konnte schon wahnsinnig nervig sein und doch musste sich Sabrina eingestehen, dass sie sicherlich genauso eine besorgte Mutter wäre.

Soll ich einen Rock oder eine Hose anziehen? - fragte sie sich immer und immer wieder.

So lange hatte sie nun auf diesen Tag gewartet.

Alex hatte sich wahnsinnig viel Zeit gelassen mit dem ausgehen, Sabrina wurde auch immer wütender, weil sie genau wusste, weshalb er es alles herauszögerte. Sie hatte Angst, er würde es sich wieder anders überlegen und sein Versprechen brechen, denn es war komisch wie er sich in letzter Zeit verhielt. Sie telefonierten kaum noch, nur wenn Sabrina ihn anrief und selbst dann waren die Gespräche viel kürzer als gewohnt. Normalerweise hingen sie mindestens eine Stunde am Telefon, doch aus dieser Stunde wurden nur noch fünf Minuten, maximal zehn wenn Sabrina etwas Neues zu berichten hatte. Alex war auch immer sehr nett, nur wenn es um das Thema „Beziehung" ging blockte er ab und versuchte ganz schnell das Thema zu wechseln.

Doch nun war es endlich so weit, nur noch wenige Stunden fehlten bis sie endlich zusammen in die Disco gehen würden wo all ihre Freunde sich trafen.

oOo

Das Klima draußen war angenehm, dafür war es in der Disco umso stickiger und es roch nach tausenden von Zigaretten. Sabrina hasste diesen Gestank.

Alex war sehr schick gekleidet und auch Sabrina hatte sich Mühe bei der Wahl ihrer Kleidung gegeben.

Wie immer hatten sich dort einige aus der Schule versammelt. Immer wieder kamen neue Klassenkameraden auf sie zu und begrüßten sie mit zwei Küsschen.

«Mensch Sabrina, seit wann gehst du denn aus?» fragten die meisten verblüfft.

Sie war tatsächlich kein Nachtmensch. Ausgehen war noch nie ihre Lieblingsbeschäftigung gewesen, alle anderen dagegen warteten schon am Montag auf den heiß begehrten Samstagabend.

Alex legte seinen Arm um ihre Hüften und bewegte sich weiter in Richtung Theke, wo die meisten seiner Kumpels standen.

Sabrina hatte ein komisches Gefühl, sie hatte Angst, irgendwann ganz alleine da zu stehen. Sie befürchtete, Alex würde es vielleicht bevorzugen bei seinem Kumpels abzuhängen und sie somit völlig vergessen.

Doch sie irrte sich, denn den ganzen Abend lang stand Alex bei ihr und ließ sie nicht aus den Augen. Oft hatte er seinen Arm um sie gelegt als wolle er sie beschützen. Sabrina fühlte sich in diesen Momenten unheimlich wohl, denn alle konnten sehen wie lieb er sich um sie kümmerte und sie musste ihre Gefühle nicht verstecken. Sie strahlte vor Glück und war bestens gelaunt.

Als die Musik etwas besser wurde hatten sich Alex und Sabrina auch endlich dazu entschieden ein bisschen zu tanzen. Es war wunderschön, ständig hatte Alex seine Arme um sie geschlungen und sie legte ihren Kopf an seine Brust.

Nach nicht allzu langer Zeit rührten sie sich nicht mehr und schauten sich tief in die Augen. Alex konnte sehen wie glücklich sie war, sie kam aus dem strahlen gar nicht mehr heraus. Plötzlich schenkte Alex ihr ein umwerfendes Lächeln und näherte sich ihr immer mehr, bis sie sich endlich küssten.

In Sabrina war so etwas wie ein endloses Feuerwerk entfacht. Das Kribbeln war stärker denn je und sie fragte sich, ob sie jemals glücklicher war. Dieser Kuss wiederholte sich einige Male und Sabrina freute sich immer und immer mehr, weil sie hoffte, es könnte bald immer so schön mit ihm sein und ihr war klar, nichts könnte ihr Glück mehr zerstören.

oOo

Nach einer kurzen aber intensiven Nacht, war Sabrina extra früh aufgestanden um Alex noch eine ganz liebe Grußkarte über das Internet zu schicken. Sie gab sich viel Mühe und betonte immer wieder wie glücklich sie sei und dass sie sich schon so sehr darauf freue es bald der ganzen

Schule bekannt geben zu dürfen.

Nachdem sie ihre ganzen Gefühle niederge-schrieben hatte, legte sie sich noch eine Weile auf ihr Bett wo ihr Kater Simba sich bereits hin und her rekelte und freudig auf seine täglichen Strei-cheleinheiten wartete.

Sabrina liebte Katzen über alles. Sie waren ihre große, endlose Leidenschaft und sie war davon überzeugt, sie würde später einmal versuchen im Tierschutz aktiv zu werden. Sie hatte acht wundervolle Fellnasen, alle von den Straße auf-gegabelt und liebevoll mit viel Geduld aufge-päppelt. Ihre Mutter war genauso Tierlieb wie sie, nur ihr Vater betonte immer und immer wie-der, er würde alle beide rausschmeißen, wenn sie weiter alles mit nach Hause bringen was sie auf der Straße finden.

«Simba, das war der schönste Abend meines Le-bens.»

Sie gab ihm einen dicken Schmatzer auf sein feuchtes Näschen, kuschelte sich zu ihm und schaute an die Decke.

Tausend Mal malte sie sich aus, wie alle anderen sie mit großen Augen ansehen würden, wenn sie erfahren, dass Alex und sie ein Paar sind.

Jeder Mensch an der Schule wusste wie lange

Sabrina schon hinter Alex her war. Sowohl Schüler als auch Lehrer. Das hatte sich ganz schnell rumgesprochen und es war auch nicht schwierig dies an ihrem Verhalten ihm gegenüber zu erkennen.

Im Unterricht schaute sie jedes Mal zu Alex rüber und begann zu träumen. Sie betrachtete ihn intensiv und dachte immer wieder daran, wie toll er nur ist und wie sehr sie ihn liebt. Dies war allen anderen natürlich auch aufgefallen, denn es war nicht normal, dass ein Mädchen den ganzen Vormittag damit verbrachte sich Alex von oben bis unten ganz genau anzuschauen.

«Ich muss ihn anrufen», flüsterte Sabrina ihrem Kater zu, nachdem sie aus ihren Träumen wieder erwacht war. Schnell griff sie zum Telefon und wählte seine Nummer.

Es gab eigentlich keinen Tag, an dem sie nicht den Drang hatte seine Stimme zu hören. Bei Alex war das anders. Er rief meistens nur an, wenn es irgendetwas wichtiges zu bereden gab. Damals rief er schon ab und zu an um einfach mal mit ihr zu reden weil ihm langweilig war und er mit ihr quatschen wollte. Sabrina freute sich immer sehr darüber, doch nun war es anders geworden. Sie kannten sich schon beinahe in und auswendig und somit gab es über die Vergangenheit nicht mehr viel zu erzählen.

«Ja?» erklang schließlich Alex tiefe Stimme.

«Hey Alex, guten Morgen, hast du gut geschlafen?»

fragte Sabrina noch immer ganz aufgewühlt vor Freude.

«Ja, es geht.»

«Du, ich freue mich schon so darauf allen von uns zu erzählen. Wann ist es denn soweit? Wann kann ich allen von meinem Glück berichten?»

Alex blieb eine ganze Weile lang still.

«Hallo?» Sabrina wartete noch immer auf eine Antwort.

«Du Sabrina» fuhr er schließlich fort, «ich habe nochmal über alles nachgedacht und ich muss sagen, es war wirklich ein schöner Abend und ich weiß, wie sehr du dich darauf freust es endlich allen zu sagen...aber...»

«Oh nein Alex, bitte kein aber!» unterbrach Sabrina ihn mit rasendem Herzen.

«Tut mir leid, ich kann es einfach nicht, ich bin noch nicht dazu bereit es allen zu sagen, ich will es nicht wirklich. Ich wollte es für dich tun aber das hat doch keinen Sinn, wenn ich dann mit der

Situation nicht glücklich bin und es nur zwanghaft sage.»

Sabrinas Augen füllten sich mit Tränen. In ihrem Magen begann sich alles zu drehen und ihr wurde plötzlich wahnsinnig schwindelig, so schlimm, dass sie beinahe zusammengeklappt wäre.

«Sabrina?»

Alex wunderte sich über die plötzliche Stille, er hatte sich auf großes Gemecker eingestellt.

Doch sie konnte einen Moment lang rein gar nichts mehr sagen. Es war, als hätte sie ihre Stimme verloren oder als würde sie unter einem mächtigen Schock leiden.

«Das glaub ich nicht, das kann nicht wahr sein», sagte sie nach einigen Sekunden, nachdem sie sich wieder gefangen hatte.

«Ich kann einfach nicht glauben, dass du mir so etwas antust, was hast du dir eigentlich dabei gedacht? Gestern schien alles so perfekt, ich war glücklicher denn je und heute möchtest du mir dieses Glück wieder nehmen? Was zum Teufel ist so schlimm daran zu mir zu stehen? Hat irgendjemand gelästert? Du schämst dich eindeutig mit mir zusammen zu sein.»

«Ach man Sabrina, darüber haben wir doch

schon so oft geredet» versuchte Alex zu erklären, «du weißt genau, dass es nicht nur darum geht».

Eine andere Antwort hatte Sabrina auch gar nicht erwartet. Zu dem Thema sagte Alex jedes Mal dasselbe und noch nie hatte er eine überzeugende Ausrede gefunden, mit der er sie davon hätte überzeugen können, dass es tatsächlich besser sei alles geheim zu halten.

Für sie war es einfach völlig unnormal, dass ein Kerl in seinem Alter und unter normalen Umständen nicht zu seiner Freundin stehen kann. Das war doch eigentlich das normalste auf der Welt. Doch für Alex anscheinend nicht. Er war da ganz anderer Meinung.

«Sag doch was.» bat Alex.

Doch Sabrina wollte nur noch zurück in ihr Bett und die Augen schliessen. Noch nie hatte sie sich so extrem verarscht gefühlt wie in diesem Moment.

«Alex, es gibt nichts mehr zu sagen, ich werde jetzt auflegen, mach's gut.»

Und schon legte sie den Hörer zurück aufs Telefon.

Leicht schwankend bewegte sie sich in Richtung Bett und legte sich wieder hin. Sie versuchte die Augen zu schließen und zu schlafen, damit der

Tag so schnell vergeht, als hätte sie ihn nie erleben müssen. Aus dem schlafen wurde leider nichts. Wie verrückt schossen ihr schließlich die Tränen aus den Augen und sie saß weinend und schreiend auf ihrem Bett. Simba erwachte aus seinem Tiefschlaf, zuckte zusammen und sah sie mit großen Augen an. Dann ging er auf sie zu und stupste sie mit seinem Köpfchen an. Sabrina wurde ruhiger und kuschelte sich wieder zu ihm.

«Oh mein Gott!» erfuhr es ihr laut, «Das Ding wächst und wächst.» schrie sie hysterisch.

Schnell kam Maria zu ihrer Tochter gerannt.

Sabrina saß weinend auf ihrem Bett.

Sie wusste nicht mehr was sie noch tun sollte, sie fühlte sich als würde die ganze Welt zusammenbrechen. Erst der ganze Stress mit Alex, den sie doch eigentlich über alles liebte und jetzt auch noch die Brust.

«Mama», sagte sie leise, «Ich verstehe das alles nicht, was hab ich denn getan, warum geht auf einmal alles schief, gerade jetzt?»

Maria nahm ihre Tochter in den Arm und sagte nichts.

Auch sie konnte nicht verstehen, warum mit einem Schlag all diese Probleme auf ihre Tochter zukamen, sie hat es nicht verdient, fand sie.

Sabrina versuchte einen klaren Gedanken zu fassen. Sie wusste, dass sie ihre Brust punktieren lassen musste, doch sie hatte Angst. Die letzten Tage war ihre Angst grösser als die Vernunft gewesen, doch jetzt wurde sie sich über die Folgen immer mehr bewusst, ihr war klar, sie müsse das Ganze beenden.

«Mama, ruf morgen bitte den Arzt an und sag ihm er soll einen Termin für das Punktieren festlegen. Er soll mir aber bitte noch etwas Zeit geben, ich möchte erst für nächste Woche einen Termin haben.»

Ihre Mutter sah sie erstaunt an.

«Ist das dein ernst? Du willst es wirklich tun? Bei deiner Angst?» fragte sie vorsichtig.

«Ja, das will ich, es wird mir einfach alles zu viel.»

KAPITEL IV

«Sabrina? Kommst du bitte hoch? Alex ist am Telefon, er möchte dich dringend sprechen» rief Maria von Flur aus.

Sabrina stöhnte, «Muss das sein?» ihre Stimme klang genervt. Doch dann beschloss sie doch noch den Hörer zu nehmen.

«Hi Alex, was gibt's?»

«Hi Sabrina, du, wegen gestern, es tut mir leid aber ich hoffe du kannst meine Entscheidung respektieren. Ich weiß wie unfair es war und das tut mir leid, aber ich bin einfach noch nicht dazu bereit es allen zu sagen.»

Sabrina lachte spöttisch «Ha, genau, du bist also nicht bereit. Glaub mir, wenn du mich wirklich lieben würdest, dann wäre dir alles andere egal. Aber so wie es aussieht ist dies nicht der Fall.»

«Mir ist es nun mal nicht egal was andere sagen. Ich bin nicht so wie du.»

Sabrina hätte den Hörer am liebsten wieder aufgelegt, aber sie war zu schwach um noch mehr Stress zu ertragen.

«Oh ja, du hast ja einen Ruf zu verteidigen.» zischte sie zurück.

«Sabrina, was machen wir jetzt? Ich meine es liegt ganz allein bei dir, ob du so mit mir zusammen sein willst und kannst. Ich habe dir gesagt ich kann keine öffentliche Beziehung führen, nicht jetzt, aber...kannst du oder bist du dazu bereit weiterhin eine geheime Beziehung zu führen?»

Gute Frage! Dachte sie und sagte nichts.

Sie fand es lächerlich solch eine Frage überhaupt beantworten zu müssen. Aber sie zwang sich selbst dazu darüber nachzudenken, schließlich war Alex ihre große Liebe und an ihren Gefühlen zu ihm hatte sich ja nichts geändert. Sie fragte sich, ob es ihr gelingen würde, ohne ihn zu leben und ob sie überhaupt ohne ihn leben will. Dann dachte sie zurück, an den schönsten Tag ihres Lebens, der Tag, an dem Alex sie gefragt hatte, ob sie mit ihm zusammen sein möchte. Sie erinnerte sich daran wie wahnsinnig glücklich sie war. Es war an der Bushaltestelle, wo er sie fragte und als schließlich der Bus kam, er sich verabschiedete und einstieg, rannte sie schreiend, wie eine

Verrückte die ganze Straße hoch bis nach Hause. Jeder Mensch, der ihr Verhalten an diesem Tag beobachten konnte, hatte sie mit Sicherheit für verrückt erklärt.

Sie wusste, es war an der Zeit eine endgültige Entscheidung zu treffen und sie wusste auch, dass sie ihn auf keinem Fall verlieren wollte, doch es gleichzeitig, so einfach nicht weitergehen konnte.

«Sabrina? Bist du noch da?»

Sie versuchte sich zusammenzureißen und biss einen Moment lang die Zähne zusammen, bis sie schließlich ihren ganzen Mut fasste und sagte:

«Ok Alex, du musst wissen, dass ich dich wirklich über alles liebe. Ich habe noch nie einen Menschen so sehr geliebt wie dich. Ich schaffe es nicht mich von dir zu trennen ich will es auch gar nicht, weil ich weiß, ich würde es ohne dich nicht aushalten. Aber dies ist wahrscheinlich der falsche Zeitpunkt um in wenigen Minuten solch eine Entscheidung zu treffen. Vielleicht sollten wir Abstand voneinander nehmen. Zwei Wochen lang. Ich möchte, dass du dir überlegst was dir wichtiger ist, unsere Beziehung oder dein Ruf, der scheinbar durch unsere Beziehung beeinträchtigt wird.»

Alex unterbrach sie vorsichtig : «Was soll das heißen? Wie stellst du dir das vor?»

«Ich möchte dass wir ganz normal miteinander umgehen. Es lässt sich nicht vermeiden dass wir uns in der Schule sehen. Diese zwei Wochen sollst du allerdings nutzen, um eine endgültige Entscheidung zu treffen. Auch ich werde mir die Zeit nehmen, um zu entscheiden, ob ich so mit dir leben kann und möchte, oder ob ich mich von dir trenne, wenn du nicht endlich einsiehst, dass dies hier keine richtige Beziehung ist.»

«In Ordnung!» sagte Alex, «vielleicht hast du Recht und es ist wirklich das Beste so.»

Sabrina holte deutlich hörbar Luft. Sie hatte panische Angst und zitterte am ganzen Körper, doch sie versuchte es sich nicht anmerken zu lassen. Sie wollte dieses Mal hart wirken.

«Gut», sagte sie schließlich, «ich werde dann auflegen. Wir sehen uns ja in der Schule. Mach´s gut.»

Im Bus, auf dem Weg zur Schule, gingen ihr tausend Gedanken durch den Kopf. Mit gekreuzten Armen und warm in ihre Jacke eingekuschelt, lehnte sie ihren Kopf an die Glasscheibe und schloss die Augen. Sie hatte Angst vor dem Schultag, doch sie versuchte alles zu verdrängen. Sie hätte am liebsten losgeheult, doch irgendetwas sagte ihr, dass sie nun stark sein müsse. Innerlich wusste sie, dass sie das Richtige tat, es war die einzige Möglichkeit, diese Beziehung zu retten wenn es denn überhaupt noch etwas zu retten gab. Sie versuchte sich immer und immer wieder einzureden, dass Alex sich für sie entscheiden würde, wenn er sie wirklich liebt. Wenn nicht...dann war es wohl keine wahre und grenzenlose Liebe.

Trotz der Sicherheit, dass sie das Richtige tat, hatte sie ein unwohles Gefühl. Sabrina kannte Alex schon lange und wusste wie verdammt stur er sein konnte.

Ob er diese Beziehung wirklich aufgeben würde?

Als sie endlich angekommen war und die Klasse betrat, sah sie sofort zu Alex rüber. Er saß bei seinen Kumpels, unterhielt sich über das Fernsehprogramm des vergangenen Abends und wirkte fröhlicher denn je.

Sie fühlte sich, als würde ihr jemand mit einem

Messer direkt ins Herz stechen.

Ist es ihm denn wirklich so egal? fragte sie sich, während sie langsam auf ihren Platz zuging.

Da saß er also und amüsierte sich mit seinen Freunden. Wahrscheinlich hatte er Sabrina schon längst vergessen.

Als Sabrina ihre Freundinnen begrüßte und ihren Stuhl extra laut auf den Boden stellte, drehte sich Alex plötzlich zu ihr um.

Er lächelte immer noch und mit einem frechen Grinsen nickte er ihr schließlich zu :

«Hallo Sabrina».

Sie war sprachlos.

Hallo sagt der einfach und grinst dabei auch noch, was hat der sich eigentlich dabei gedacht? Sie konnte einfach nicht verstehen, wie ein Mensch nur so gleichgültig sein kann.

Sie versuchte ihre Gedanken wieder zu verdrängen, befahl sich selbst erneut stark zu sein und versuchte krampfhaft ein Lächeln auf ihre Lippen zu zaubern.

«Hi Alex!» murmelte sie leise aber doch freundlich und ging mit großen und schnellen Schritten auf die Klassentür zu, um so schnell wie möglich ins Badezimmer zu flüchten.

Sie hatte sich extra zusammengerissen, doch kaum machte sie die Badezimmer Tür zu und schloss sie auf dem Klo ein, fing sie wieder an zu weinen. Die ganze Wimperntusche lief über ihre Wangen.

Wenn das so weitergeht mit mir brauche ich dringend Wasserfeste Schminke, dachte sie.

Alles war schwarz, genau wie ihre Seele in diesem Moment.

Plötzlich schaute sie auf die Uhr und erschrak. Sie hatte die Klingel gar nicht gehört und war schon viel zu spät. Schnell sprang sie auf, rannte zum Spiegel und erschrak gleich nochmal. Hastig schnappte sie sich ein Stück Klopapier, welches sie befeuchtete um die schwarzen Stellen aus dem Gesicht zu wischen. Dann rannte sie los zum Klassenzimmer.

Als sie die Tür öffnete und sich entschuldigte, drehte sich ihr Deutsch Lehrer mit grimmigem Gesicht zu ihr um, bis er schließlich ihre verheulten Augen sah und sie besorgt musterte. Er war zum Glück ein sehr verständnisvoller Mensch und hatte sehr viel Feingefühl.

«Oh...verstehe, setz dich bitte, ich wiederhole die heutigen Aufgaben nochmal.» sagte er.

Sabrina lächelte dankbar und setzte sich auf ihren Platz.

KAPITEL V

Die restlichen Tage dieser zwei Wochen „Bedenkzeit" in der Sabrina Abstand von Alex nehmen wollte, verliefen ähnlich.

Alex war stets gut gelaunt, machte seine Witzchen, hing mit seinen Freunden ab und sah überhaupt total glücklich aus.

Er hatte sie kein einziges Mal angerufen und sie nicht einmal in der Schule richtig angesprochen.

Der muss mich ja wahnsinnig lieben und vermissen, dachte Sabrina voller Ironie.

Sie hatte sich schweren Herzens vorgenommen konsequent zu wirken und zumindest so zu tun, als würde sie es locker ohne ihn aushalten, doch dieser Plan scheiterte.

Jede Nacht lag sie wach im Bett und konnte durch das ständige Kopfkino einfach nicht einschlafen. Dieses Gefühl war so unerträglich. Wie sehr hatte sie sich gewünscht, Alex würde endlich merken was er an ihr hatte und jetzt musste sie womöglich noch damit rechnen, dass er sogar froh sei sie los zu sein.

oOo

«Sabrina, wir müssen los.» rief ihre Mutter zum dritten Mal.

«Ja, ich komm ja schon.» antwortete sie genervt.

Heute war ihr großer Tag, die Zyste sollte endlich aus ihrer Brust entfernt werden, ohne Narben, ohne Schäden und ohne weitere Probleme. Sie hatte zwar tierische Angst vor dieser großen Spritze, dennoch freute sie sich, diese Last endlich loszuwerden, schließlich hatte sie mit den Problemen zwischen Alex und ihr schon genug am Hals.

Schnell packte sie ihre Sachen und stieg ins Auto.

Sie schaltete wir immer das Radio an und starrte aus dem Fenster. Die Musik machte sie noch sentimentaler. Gewisse Lieder erinnerten sie an ihr eigenes Leben. Die Texte der Lieder sagten immer etwas persönliches aus und wenn es um Liebe ging, traf es meist genau das, was sie in dem Moment empfand.

Leise sang sie den Text mit und versuchte sich abzulenken. Sich die Liedtexte zu merken war ihre große Stärke, doch vorallem, lernte sie auf diese Art und Weise deutlich einfacher Englisch, als in der Schule, weil sie einfach Spaß daran hatte.

Dann war es endlich soweit, sie musste nicht warten und konnte direkt in den Untersuchungssaal ihres Frauenarztes.

Langsam zog sie ihr Oberteil und ihren BH aus, schaut noch ein letztes Mal in den Spiegel, um sich von diesem grausamen Ball in ihrer Brust zu verabschieden und hoffte, dass nach dieser Spritze alles wieder gut würde.

Der Arzt war sich sicher, dass er mit dieser Behandlung alles wieder in Ordnung bringen würde, doch dann passierte es. Sabrina hatte sich schon hingelegt, während der Arzt die Spritze vorbereitete. Zuerst sprühte er ein leichtes Betäubungsmittel auf ihre Brust, dann führte er die Spritze langsam ein und versuchte die Flüssigkeit herauszuziehen. Sabrina drehte ihren Kopf zur Seite, sie hatte die lange und dicke Nadel del Stritze gesehen und konnte einfach nicht hinsehen.

«Mist, das darf nicht wahr sein.» fluchte er.

Sabrina riss die Augen auf, sie hatte sich gerade solche Mühe gegeben sich zu entspannen.

«Was ist? Was darf nicht wahr sein? Nun sagen sie schon.»

Der Arzt wischte sich mit der Handfläche den Schweiß von der Stirn, nahm die Spritze wieder aus der Brust heraus und wandte sich Sabrina zu. Sein Blick sagte alles.

«Es tut mir leid, es scheint sich doch nicht um eine Zyste zu handeln. Es ist ein Tumor.»

«WAS? Ein Tumor? Bitte nicht, ich bin doch erst 15.», jammerte Sabrina.

«Es ist wahrscheinlich ein gutartiger Tumor, ein Fibroadenom, jedenfalls ist dies meist der Fall bei jungen Frauen. Trotzdem muss dieser Tumor raus, ich muss operieren, sonst wird er immer größer und größer bis er Ihre zierliche Brust bedeckt. Danach müssen wir das Geschwür einschicken, denn erst dann können wir mit Gewissheit sagen, ob es wirklich ein gutartiger Tumor war, also ein Fibroadenom, oder ob weitere Behandlungen notwendig sind.»

Sabrina musste weinen. Sie konnte nicht fassen, dass all diese schrecklichen Dinge gleichzeitig auf sie zukamen. In ihrem Alter eine Brustoperation über sich ergehen lassen zu müssen, fand sie nicht normal. Dazu kam, dass sie Obenrum sehr zierlich gebaut war und sie es sich daher nicht vorstellen wollte, noch mehr Gewebe aus ihrer Brust entfernen lassen zu müssen. Wie würde das denn aussehen? Womöglich wäre die eine Brust dann kleiner als die andere. Tausend Fragen schwirrten in ihrem Kopf herum.

Der Arzt versuchte sie zu beruhigen, indem er mit positiven Aufmunterungsversuchen auf sie einredete, aber Sabrina sagte und hörte nichts mehr, denn ihr Kopf hatte bereits alle weiteren Informationen blockiert. Sie war voll und ganz mit sich selbst beschäftigt.

Während ihre Mutter und ihr Arzt nach einem passenden Operationstermin in seinem spezialisierten Krankenhaus in Deutschland suchten, rutschte Sabrina auf ihrem Stuhl nervös hin und her.

Schnell und völlig unter Shock, nahm sie ihre Sachen, zog sich an und verschwand aus dem Gebäude. Ihre Mutter rannte hinter ihr her um sie zu trösten, doch auch sie wusste, dass sie ihrer Tochter diese Last nicht abnehmen konnte.

Noch immer weinte Sabrina. Sie hatte zuvor noch nie so oft geweint wie in den letzten Wochen. Eine Welt brach in ihr zusammen. Sie wusste, welche Folgen diese Operation für sie haben würde, doch sie war auch reif genug um zu wissen, dass kein Weg an diesem Eingriff vorbei führte.

oOo

Am selben Abend beschloss Sabrina ihren Freund, oder Ex-Freund, Alex anzurufen.

Sie war sich zwar nicht einmal sicher ob er sich wirklich noch für sie interessierte, dennoch musste sie jetzt mit jemanden reden und zwar mit jemanden der sie kannte, der sich in sie hineinversetzen würde um sie zu trösten.

Da kam eigentlich nur Alex in Frage, wer sonst kannte sie so gut?!

Als sie den Hörer abnahm und seine Nummer wählte, wurde ihr übel. Sie hatte Angst. Angst, vor seiner Reaktion, Angst, dass er sich eventuell gar nicht mehr für sie interessieren würde.

Endlich klingelte es und Alex nahm auch direkt ab:

«Ja hallo?»

«Hi Alex, ich bin´s, hast du Zeit?»

«Ähm...hi, lange nichts mehr von dir gehört. Was gibt es denn?»

«Tja wenn du dich nicht bemühst dich mal zu melden, werden wir auch weiterhin nicht viel voneinander hören. Aber darum geht es jetzt nicht», sagte Sabrina wütend, «es geht um mich.»

Alex lachte: «Geht es nicht immer irgendwie um dich?»

Sabrina hätte am liebsten das Telefon aus dem Fenster geworfen, aber sie blieb ruhig, schließlich hatte sie jetzt andere Probleme, die viel schlimmer waren, als dieses kindische hin und her zwischen Alex und ihr.

«Alex...ich...ich werde Anfang April nach Deutschland fliegen.»

«Das ist doch schön. Machst du Urlaub?»

Wütend brüllte sie ins Telefon:

«Nein du Idiot, ich muss ins Krankenhaus, falls es dich überhaupt noch interessiert. Ich muss operiert werden. Ja, man muss mir nämlich einen TUMOR entfernen und ich dachte es würde dich interessieren, doch scheinbar hattest du meinen Termin heute beim Frauenarzt auch schon vergessen, man hätte mir dieses Ding heute eigentlich entfernen sollen, aber es ging nicht. Und du hast nicht einmal von alleine angerufen und danach gefragt wie es mir geht.»

Es folgte eine lange, stille Pause, bis Alex'

Stimme wieder ertönte:

«Das tut mir so leid Sabrina. Ein Tumor? In deinem Alter? Ich hoffe so sehr, dass bei der Operation alles gut geht, ich bin für dich da und drück dir die Daumen.»

«Danke», flüsterte Sabrina traurig. Ihre Wut nahm ihr die letzte Kraft, darum versuchte sie sich selbst zu kontrollieren.

«Hey Sabrina, du weißt, morgen ist Valentinstag, gehen wir einkaufen?»

Einkaufen? Dachte Sabrina. *Na der scheint diese zwei Wochen Frist ja sehr ernst zu nehmen, oder er will mir morgen schon mitteilen dass es aus ist.*

Sie umwickelte hastig eine Haarsträhne um ihren Finger, spielte eine Weile daran herum und hoffte innerlich darauf, die Richtige Entscheidung zu treffen.

«Ja können wir machen», entschied sie schließlich schweren Herzens.

Nach zwei Minuten beendete sie das Gespräch und ging ins Bett. Das war ein harter Tag für sie gewesen, härter als alles andere, was ihr jemals zuvor passiert war.

Ihre Gedanken hielten sie wach. Sie konnte nicht schlafen. Sie musste an Alex denken. Jetzt wo er so gleichgültig schien, bekam sie Panik. Sie wollte ihn mit dieser Abstands-Phase ja nicht verlieren, sie wollte vielmehr, dass ihm bewusst werden würde, dass sie zusammen gehörten, aber wie immer bestand bei diesem Expereriment, für welches sie sich vor lauter Hilflosigkeit entschieden hatte, auch ein großes Risiko.

KAPITEL VI

«Sabrina…aufstehen! Du musst bald in die Schule!»

Noch total erschöpft von dem vorherigen Abend, öffnete Sabrina die Augen und starrte ihren Wecker an.

Na wunderbar, jetzt habe ich auch noch verschlafen und gerade mal eine viertel Stunde Zeit, um mich fertig zu machen,

meckerte sie innerlich.

Sie sah in den Spiegel und wurde blass.

Oh nein, ich sehe aus als wäre jemand gestorben.

Nun ja, gestorben war zwar niemand, aber sie hatte einen verständlichen Grund schlecht auszusehen nach dem Ergebnis beim Frauenarzt. Wie jeden Morgen tastete sie ihre Brust ab; dieses nervende ETWAS in ihr machte sich immer

Mehr bemerkbar. Aber es hatte keinen Sinn immer wieder darüber nachzudenken, damit machte sie sich innerlich nur noch mehr und mehr kaputt. Sie war ganz allein mit ihren Sorgen, denn der Mensch, den Sie jetzt am meisten gebraucht hätte, war nicht für sie da, nicht so wie es sein sollte, nein, er wusste nicht einmal dass es ihr so schlecht ging.

Schnell zog sie sich an und rannte ins Wohnzimmer.

«Ich muss los.» sagte sie.

«Was? Du hast aber noch nichts gefrühstückt.» bemerkte ihre Mutter.

Sabrina zuckte kurz mit den Schultern und verschwand. Es war unmöglich für sie etwas zu essen wenn es ihr nicht gut ging, das war schon immer so gewesen, der Kummer verursachte in ihr so ein unwohles Gefühl, dass sie einfach nicht mehr in der Lage war richtig zu essen, es schnürte einfach alles in ihr zu.

Als sie bei der Schule ankam sah sie sofort Alex.

Er stand wie immer bei seinen Freunden, allerdings sah er dieses Mal nicht sehr glücklich aus.

Normalerweise hatte er seinen Freunden immer viel zu erzählen, machte dumme Witze oder tauschte sich mit den anderen über die Fernsehsendungen des vorherigen Abends aus. Aber dieses Mal stand er nur da und sagte nichts.

Plötzlich drehte er sich um und sah Sabrina, sofort ging er zu ihr und schaute sie besorgt an.

«Was ist?» fragte sie verwundert.

Alex schaute sie immer intensiver an.

«Wie geht es dir? Du warst gestern Abend sehr aufgebracht wegen der ganzen Sache mit dem Tumor. Es tut mir echt leid! Das wird schon wieder.»

«Aha» murmelte Sabrina «Ja, da kann man wohl nichts machen, keine Sorge, ich schaff das schon alleine.»

Alex glaubte ihr kein Wort. Er kannte sie in und auswendig, jeden Gesichtsausdruck, jeden Tonfall…

Schließlich wechselte er das Thema um sie abzulenken:

«Also Sabrina, was machst du heute an diesem wunderschönen Valentinstag? Steht unser Treffen noch?»

«WAS?» Sabrina erinnerte sich plötzlich an das Telefongespräch.

«Stimmt, das habe ich ja völlig vergessen, heute ist ja Valentinstag. Ich hatte unser Treffen zwar noch im Kopf, aber alles andere ist irgendwie an mir vorbeigegangen. Na gut, es bleibt dabei.»

«Cool» sagte Alex «dann können wir uns ja heute Nachmittag im Einkaufszentrum treffen und ein wenig bummeln.»

Sabrina freute sich über diesen Vorschlag, da sie in iherer Situation jede mögliche Ablenkung gut gebrauchen konnte, aber sie wusste auch, dass sie das Treffen mit Alex eventuell auch wieder deprimieren könnte, da ihre Beziehung eigentlich so gut wie beendet war. Trotzdem sagte sie zu und versuchte sich auf den Valentinstag zu freuen.

oOo

«Was? Du bist ja pünktlich!» begrüßte Sabrina Alex erstaunt.

Er schenkte ihr ein kleines Lächeln und sagte

«Tja, was ich nicht alles für dich tu.»

Sabrina hob eine Augenbraue und warf ihm einen vielsagenden Blick zu.

Sofort liefen sie los, von einem Geschäft zum anderen, schauten sich Zeitschriften an, bewunderten die neuste Technik und ärgerten sich danach darüber, dass sie jedes Mal so schnell fertig waren beim Shoppen. Die Zeit verging wie im Flug.

«Tja, das war's schon wieder. Ganze 20 Minuten haben wir gebraucht, kein sehr ausgiebiger Nachmittag!»

«Ich weiß» sagte Alex «aber du darfst noch nicht gehen. Warte hier kurz ich bin in einer Minute wieder bei dir.»

Und schon war er weg.

Sabrina stand zwischen all den Menschen und hielt Ausschau nach ihm, aber sie konnte nicht erkennen wo er hin wollte.

Kurze Zeit später, stand er plötzlich wieder vor ihr. Er kam ihr dieses Mal erstaunlich nah und schaute sie mit großen strahlenden Augen an.

«Sabrina, ich wünsche dir alles Gute zum Valentinstag.» sagte Alex und schenkte ihr eine wunderschöne Rose.

Sabrina schaute ihn erstaunt an.

«Sag nichts!» fuhr er fort,

«Ich muss dir noch etwas sagen. Du hast gesagt ich hätte zwei Wochen Zeit, um mich zu entscheiden und ich habe mich entschieden.

Sabrina, ich liebe dich und ich möchte, dass wir fest zusammen sind. Es tut mir leid, dass ich dich zwei Jahre lang versteckt habe.»

Alex schaute sie nun voller Erwartungen auf eine Reaktion an, als würde er darauf warten, dass sie ihm entweder um den Hals fallen oder aber schreiend davon laufen würde, doch nichts von beidem geschah, sie konnte nicht, sie war einfach sprachlos. Ihre Beine wurden immer weicher und ihr Herz raste wie verrückt. Immer und immer wieder schaute sie erst die Rose und dann ihn an, um ganz sicher zu gehen, dass dies kein Traum sondern Realität war.

Dann beschloss Alex die Initiative zu ergreifen. Er nahm sie fest in die Arme und küsste sie. Mitten im Einkaufszentrum, zwischen tausenden von Menschen, in aller Öffentlichkeit. Dann nahm er ihre Hand und ging lange Hand in Hand mit ihr durch die Gegend, wie ein echtes Paar. Es war, wie in ihren schönsten Träumen, sie war glücklicher denn je und konnte für einen Moment all ihre Sorgen und Probleme vergessen, in diesem Moment zählte nur noch ihre Liebe zu Alex. Sie hielten sich immer noch an der Hand als plötzlich zwei Mädchen aus der Schule an ihnen vorbeigingen. Sabrina wurde nervös. Verwundert schauten und sie grüßten freundlich. Doch selbst die beiden aus der Schule machten ihm nichts aus, er grüßte zurück und sah Sabrina verliebt an.

Sie war so glücklich. Ihr fiel ein riesen großer belastender Stein vom Herzen. Endlich waren sie ein richtiges Paar. Endlich konnte sie der ganzen Welt zeigen, dass sie diesen Kerl über alles liebte.

Was schöneres hätte ihr in dieser schweren Zeit nicht passieren können, allerdings fragte sie sich, ob er es dieses Mal wirklich ernst meinen würde. Der erste große Schritt war ja schon mal getan, er hatte sich vor allen Leuten mit seiner Freundin Hand in Hand gezeigt. Aber was sollte sie nur tun, wenn das alles wieder nur eine Laune von ihm war und morgen alles wieder anders aussehe?

Die Zweifel konnte sie sich einfach nicht verkneifen, trotzdem hatte sie ein wunderschönes Kribbeln im Bauch.

Eine Stunde war mittlerweile vergangen und Sabrina wusste, dass ihre Mutter bald im Auto auf sie warten würde. Sie sah zu Alex hoch und strich mit ihrem Daumen über seine Hand. Er erwiderte ihre Streicheleinheiten und sah sie ebenfalls glücklich an.

Wir sind ein schönes Paar! dachte sie und freute

sich wie ein kleines Kind.

Draußen angekommen, sah sie auch schon ihre Mutter die in zweiter Reihe stand und ihr sofort deutete, dass sie es eilig hatte.

Bevor sie zu ihrer Mutter ging, drehte sie sich noch einmal um und sah Alex tief in die Augen.

«Du hast mir heute den schönsten Valentinstag aller Zeiten geschenkt.» sagte sie dankbar und gab ihn einen leidenschaftlichen und langen Kuss.

Dieser Valentinstag war mit Abstand einer der schönsten Tage in ihrem Leben.

Am nächsten Tag war wieder Schule angesagt.

Normalerweise eine grauenhafte Vorstellung, doch dieses Mal freute Sabrina sich richtig auf den Tag.

Sie freute sich darüber Alex zu sehen, ihn in den Arm zu nehmen, zu küssen und allen anderen zu zeigen, dass sie ein Paar sind.

Als sie die Klasse betrat, informierte man ihr sofort darüber, dass der Lehrer später kommen würde und daher erstmal Freizeit für die Klasse angesagt war.

Als Alex sie bemerkte ging er rasch zu ihr, nahm ihre Hand und verschwand mit ihr im Flur.

«Da drin ist keine Luft. Mir geht es heute nicht gut , ich glaube ich bin krank.»

Sabrina lächelte ihn an, «Na kein Wunder, nach diesem großen Schritt den du gestern gewagt hast, war mir klar dass dich das krank macht.»

Alex konnte sich das Lachen nicht verkneifen, doch als er die Stiche in seinem Kopf spürte, verwandelte sich dieses Lächeln wieder in ein ganz grimmiges Gesicht.

«Ich werde lieber wieder nach Hause gehen. Wir schreiben am Montag eine Klassenarbeit, da darf ich nicht fehlen.»

Sabrina hatte gemischte Gefühle. Klar tat er ihr leid und sie wollte auf garkeinem Fall, dass es ihm noch schlechter ginge, doch trotz allem war sie traurig, denn so konnten sie ihren Freunden nicht erzählen, dass sie zusammen sind und darauf hatte sie sich doch die ganze Zeit so sehr gefreut.

Traurig sah sie ihn an:

«Dann geh und werd schnell gesund.»

Alex umarmte sie fest und verschwand.

Ein paar Freunde von ihm hatten diese Umarmung gesehen doch keiner stellte irgendwelche Fragen. Das Thema kam später allerdings doch zur Sprache, als sich alle wunderten warum Sabrina so unwahrscheinlich gut gelaunt war.

Es war schade, dass Alex nicht dabei sein konnte, aber sie musste es endlich loswerden, schließlich hatte sie zwei Jahre lang auf diesen Moment gewartet.

«Tja ihr Lieben... Alex und ich... wir sind zusammen.» verkündete sie mit einem riesen Lächeln bis hin über beide Ohren.

«Was?" Hörte man mehrere Schüler in der Klasse gleichzeitig fragen. «Das ist ja toll, wurde aber auch Zeit.» sagten ein paar gemeinsame Freunde.

Wenigen ihrer Freunde erzählte sie, dass sie eigentlich schon seit zwei Jahren ein Paar waren.

Sie konnte das nicht jedem erzählen, da es sicherlich viele geben würde, die stink sauer reagiert hätten, da man so etwas in einer Freundschaft eigentlich nicht verschweigen konnte.

Von Alex' Freunden gab es nur einen, dem sie die ganze Geschichte ausführlich erzählte.

Luca war ein ganz lieber Freund von ihm, in den sie damals auch schon verliebt war. Allerdings war dies von der ersten bis zur vierten Klasse, da kannte sie Alex noch gar nicht. Eine Sandkastenliebe sozusagen.

Es war alles ganz harmlos. Ein wirklich hübscher Kerl mit blonden Haaren und wunderschönen blauen Augen. Eigentlich genau das Gegenteil von Alex. Er hatte sie damals ganz freundlich aber direkt abgewimmelt, indem er ihr erklärte, er sei nun mal schon in sieben andere Mädchen verliebt.

Alle stellten zwar ganz viele Fragen, aber kein Mensch sagte etwas schlimmes zu dieser Beziehung. Alle freuten sich. Was sie wirklich darüber dachten, konnte natürlich keiner wissen, aber wichtig war, dass sie durchaus so aussahen, als wären sie Einverstanden mit dieser Beziehung. Sabrina hatte ja auch nie ein großes Geheimnis daraus gemacht, dass sie Hals über Kopf in Alex verliebt war und das schon seit etlichen Jahren. Es war sogar schon so weit, dass Klassenkameraden über sie lästerten, weil sie der Meinung waren, sie wäre im wahrsten Sinne des Wortes „hoffnungslos" verliebt und würde sich damit zum Affen machen, da er ihr nicht die geringste Beachtung schenkte.

Doch davon war ja nun keine Rede mehr, alle haben so reagiert wie sie es sich immer gewünscht hatte.

Siehst du Alex, dachte sie glücklich, *es ist doch gar nicht so schlimm, wie du immer dachtest.*

oOo

Am Wochenende beschloss Sabrina, sich ein wenig um ihren Freund zu kümmern. Da es bei ihm Zuhause aufgrund des kleinen Zimmers aber keine Möglichkeit gab viel zu unternehmen, sollte das Treffen nun bei ihr stattfinden. Dieses Mal allerdings ohne Nachhilfe.

Es kam nicht oft vor, dass Alex sie besuchte,

wenn es nicht gerade darum ging, ihr Mathe beizubringen.

Doch jetzt sollte ja alles anders werden, es sollte perfekt sein, wie eine richtige Beziehung nun mal so ist.

«Leg dich in mein Bett Süßer» sagte Sabrina gut gelaunt. «Ich schätze Mal du hast dich noch nicht ganz von deiner Grippe erholt.»

Alex nickte zustimmend und machte es sich bequem.

Sie nutze die Gelegenheit um sich an ihn zu kuscheln. Es war ein wunderbares Gefühl ihm so nah zu sein, ohne immer wieder an die üblichen Probleme zu denken.

«Ach, da fällt mir etwas ein.» erinnerte sie sich plötzlich.

«Was ist mein deinen Eltern? Hast du es ihnen gesagt? Wie haben sie reagiert?»

Sabrina richtete sich auf und sah ihn mit großen erwartungsvollen Augen an.

Alex schaute sie verblüfft an, «Was sollte ich ihnen denn gesagt haben? Ich weiß nicht, was du meinst.»

«Mensch…was wohl, dass wir zusammen sind natürlich. Ich meine, sie wussten bis jetzt ja auch noch nichts davon. Du wolltest es ihnen doch nie sagen weil du Angst hattest, sie könnten sich zu sehr einmischen.»

«Ach so.» murmelte er «Naja um ganz ehrlich zu sein, will ich es ihnen auch nicht sagen. Meine Eltern sind so eine Sache für sich. Ich denke nicht, dass sie etwas dagegen hätten, aber bei meiner ersten Freundin haben sie sich einfach zu sehr eingemischt und das hat vieles kaputt gemacht.»

Sabrina starrte zu Boden.

«Na gut, musst du wissen, sind ja nicht meine Eltern.» entgegnete sie ihm genervt.

Es war einfach komisch, dass er seinen Eltern nichts davon sagen wollte. Über zwei Jahre Partnerschaft kann man doch nicht so einfach vor der Familie verheimlichen. Das würde bedeuten, es gibt in seinem Zimmer keinerlei Erinnerungen an die Beziehung, keine Fotos auf denen sie sich küssten, keine Briefe, nichts was auffällig sein könnte.

Sie war nicht sehr oft bei ihm zuhause. Wenn sie sich sahen dann nur bei ihr oder in einem Einkaufszentrum.

Und was ist wenn ich ihm doch peinlich bin? dachte Sabrina empört. *Vielleicht liegt es daran dass er sein*

Abitur machen wird und ich bin nur eine dumme Re-
alschülerin die es im Leben nie weit bringen wird.

Sie blicke zu Alex und versuchte sich trotzdem über ihre neue Beziehung zu freuen.

Langsam kuschelte sie sich immer näher an ihn und flüsterte: «Weißt du eigentlich, dass du der wichtigste Mensch in meinem Leben bist und dass ich dich über alles liebe?».

«Ach wirklich?» er schaute ihr tief in die Augen,

«Ich liebe dich auch Sabrina.»

In diesem Moment schien alles andere vergessen zu sein. Sie schauten sich lange an bis sie sich endlich küssten und Arm in Arm auf dem Bett kuschelten. Doch wie lange würde diese nun endlich richtige Beziehung halten, grübelte sie schweigend. Schließlich sollte sie in einem halben Jahr die Schule mit ihrem Realschulabschluss verlassen, während er noch zwei turbulente Jahre vor sich hatte. Sie hatte sich immer gewünscht, den Sprung auf das Gymnasium zu meistern, doch um dies zu schaffen müsste sie alle noch kommenden Klausuren mit guten Noten abschließen und davon erwarteten sie einfach zu viele in den letzten drei Monaten Schule. Und mitten drin, die Operation.

Trotzdem spürte sie den Drang, etwas dagegen

tun zu müssen um bei ihrem Freund bleiben zu können. Ein großes Problem dabei war ebenfalls ihre Eifersucht. Sabrina war unglaublich eifersüchtig und hätte am liebsten jedem Mädchen die Augen ausgekratzt, wenn sie sich Alex zu sehr näherten. Dieses Problem hatte sich auf Grund der geheimen Beziehung entwickelt, dadurch dass eben keiner wusste dass er vergeben war, machten sich die Mädchen auch nichts daraus mit ihm Späßchen zu machen oder mit ihm zu flirten, was natürlich verständlich, aber für Sabrina unerträglich war. Leider hatte sich diese Eifersucht mit der Zeit so sehr in ihr ausgebreitet, dass es auch jetzt unmöglich war sie wieder loszuwerden.

«Hey, ich muss gehen.» Sagte Alex plötzlich.

Sabrina erwachte aus ihren Tagesträumen, zuckte zusammen und schaute ihn ganz verblüfft an.

«Was? Jetzt schon? Du bist doch erst seit einer Stunde hier.»

«Ich weiß, aber mein Vater ist hier in der Gegend und möchte mich direkt wieder mit nach Hause nehmen, statt nachher extra noch mal so weit zu fahren.»

Sie schaute ihn traurig an.

«Ok, es war schön mit dir, wir sehen uns in der Schule.»

KAPITEL VII

«Erzähl!» befahl Jessy ihrer Freundin. «Ich will alles wissen, vor allem, wie es kommt, dass ihr auf einmal eine stink normale öffentliche Beziehung führt.»

Sabrina lächelte sie geheimnisvoll an.

Jessy war schon seit Jahren ihre beste Freundin. Sie war in ihrer Parallelklasse und hatte gerade unzählige Klausuren hinter sich, wodurch sie sich erst jetzt auf den neusten Stand bringen konnten.

Als Jessy damals neu an die Schule kam haben sie sich gehasst. Keine konnte die andere leiden, es wurde gelästert und geschimpft. Doch dann brachte die Liebe sie zusammen. Jessy war mit einem Jungen aus Sabrinas Klasse zusammen und zwar mit Luca, ihrer Sandkastenliebe, doch die Beziehung scheiterte. Trotzdem war sie noch immer in ihn verliebt und Sabrina half ihr über ihn hinweg zu kommen.

Von diesem Tag an, waren sie die besten Freundinnen. Sie waren sich sehr ähnlich, beide blonde

Haare, den selben Humor und Interessen. Sie war, außer ihrer Mutter Maria, auch die einzige, mit der sie immer über alle Details ihrer Beziehung reden konnte.

«Also…» Sabrina atmete tief ein um direkt loszuschießen…

«Nachdem ich uns eine Auszeit verordnet hatte, um ihm ein Ultimatum zu setzen, hat er wohl eingesehen, dass es so nicht weitergehen kann und nun versuchen wir eine richtige Beziehung zu führen. Es ist super bis jetzt. Endlich sehe nicht nur ich mich als seine Freundin, sondern auch die anderen und sie haben alle bestens reagiert, kein Mensch hat etwas dagegen gesagt."

«Das ist ja auch der Normalfall, aber schön, dass er das auch endlich so sieht.» freute sich Jessy.

«Dann bist du ja jetzt das glücklichste Mädchen auf der Welt, gell?»

«Kann man so sagen, die Liebe läuft endlich bestens, aber das Leben macht es mir schwer. Meine Mutter hat mir gestern einen Termin im Krankenhaus gemacht. Ich muss in zwei Wochen nach Deutschland um den Tumor entfernen zu lassen. Das wird nicht leicht für mich. Ich habe tierische Angst vor Operationen und natürlich auch vor dem Ergebnis. Es soll sich ja höchst-wahrscheinlich um ein Fibroadenom handeln, aber das weiß man erst wenn es eingeschickt wurde.»

Jessy sah ihre beste Freundin besorgt an.

«Das kann ich verstehen, dass du Angst hast.» sagte sie.

«Das tut mir leid Kleine. Aber keine Sorge, das schaffst du schon.»

Sabrina nickte und starrte traurig ins Leere. Nach einer Weile sah sie Alex, der auf dem Schulhof stand und so aussah als würde er jemanden su-chen. Schnell nahm sie ihre Schultasche und rannte zu ihm.

«Hey, suchst du mich?»

«Ja, ich habe dich heute kaum gesehen, bei den ganzen Vertretungen heute ist ja nie jemand in der Klasse. Wie geht es dir? Immer noch nervös wegen dem Termin im Krankenhaus von dem du gestern am Telefon erzählt hast?»

«Natürlich. Ich werde so lange nervös sein, bis es vorbei ist.»

«Ach Sabrina, ich verspreche dir dass ich dich anrufen werde, und sms schreiben wir uns auch.»

«Das ist lieb.» sie gab ihm einen Kuss und drückte sich fest an ihn.

«Hey Alex», hörte man plötzlich eine weibliche Stimme rufen. Es war Tanja, ein Mädchen aus ihrer Klasse.

«Hast du Lust mit mir zum Kunstsaal zu gehen um Plakate zu holen? Ich will nicht alleine gehen.»

«Ich kann doch mit dir gehen.» schlug Sabrina freundlich vor.

«Nein danke, Alex hilft mir bestimmt gerne.» entgegnete sie frech und nahm seine Hand.

Sabrina schaute den beiden mit fassungslosem Blick nach.

Was bildet die sich ein?, dachte sie.

Will die mich provozieren oder was soll dieses ständige Gelaber und rumfummeln an meinem Freund?

Kopfschüttelnd drehte sie sich um, nahm ihre Sachen und machte sich auf den Weg zum Klassenzimmer.

Dort angekommen, stand sie in einem leerem Raum. Anscheinend fiel mal wieder eine Unterrichtstunde aus.

Sabrina freute sich darüber und rannte schnell

zum Kunstraum um Alex ebenfalls darauf hin-
zuweisen, dass der Unterricht wieder ausfällt
und um ihn zu fragen ob er mit ihr in die Kantine
gehen möchte um etwas zu trinken. Suchend sah
sie sich bei der Treppe neben dem Kunstraum
um, doch als sie plötzlich sah wie Alex die
Treppe hinunterkam und Tanja von hinten auf
ihn sprang und ihm um den Hals fiel, drehte sie
durch. Nachdem sie daraufhin auch noch bemerkte wie Alex dabei richtig Spaß hatte, packte
sie Tanja und stellte sie zur Rede. Sabrina war
stink sauer und kochte innerlich vor Wut. Schon
lange hatte Tanja versucht sich an Alex ranzuma-
chen und ihr war auch bekannt, dass sie mal eine
Weile richtig in ihn verliebt war, aber jetzt, wo
Tanja wusste das Alex vergeben war, wollte
Sabrina sich das nicht weiter gefallen lassen.
Tanja lachte nur hinterhältig und verschwand.

«Kannst du mir bitte mal verraten was diese Ak-
tion wieder sollte?» brüllte Alex.

«Du terrorisierst mich mit deiner ständigen Eifersucht, kann man es dir eigentlich nie recht machen?»

Sabrina war geschockt. Es war doch offensichtlich, dass Tanja sich mal wieder an ihn range-
macht hatte, warum sah er das anders?

«Du merkst es wohl selber nicht, aber die steht

auf dich und es ist ihr egal das du mit mir zusammen bist.»

«Na und?» konterte Alex «Solange ich mich nicht auf sie einlasse kann es dir doch egal sein, reg dich doch nicht immer so künstlich auf und vor allem mach dich nicht lächerlich und mich erst recht nicht.»

Er war wirklich sauer.

«Du hast Recht, es tut mir leid. Ich will mich nicht mit dir streiten, ich werde versuchen dir zu vertrauen.» versprach Sabrina und gab ihm einen flüchtigen Kuss.

KAPITEL VIII

Nach einem Flug der sich für Sabrina unendlich lang anfühlte, einer noch längeren Fahrt und einer schlaflosen Nacht in einem kleinen Hotel, befand sie sich nun im Krankenhaus und wartete auf den Arzt der sie operieren sollten. Ihre Mutter saß auf einem großen Sessel direkt neben ihr und rutschte unruhig hin und her. Wenn es nur irgendwie möglich gewesen wäre, hätte sie ihrer Tochter diese Operation gerne abgenommen. Maria war viel härter im Nehmen als Sabrina. Doch leider konnte sie ihr dieses Mal einfach nicht helfen. Sie konnte nur an ihrer Seite sein, um ihr Kraft zu geben und ihr so gut es nur ging beizustehen.

Sabrina wurde ungeduldig und schaute auf die Uhr. Schnell schrieb sie Alex noch eine sms in der Hoffnung er würde sie mit lieben Worten aufmuntern. Bis jetzt hatte er sich noch nicht gemeldet. Vielleicht war er noch sauer wegen ihrem Eifersuchtsszene. Es war ihr zweiter Tag im Krankenhaus. Den ersten Tag hatte sie genutzt um mit ihrer Mutter die Stadt zu erkunden. Es gab viel zu sehen, doch nachdem man ihr sechs Tuben Blut abgenommen hatte, machte ihr Kreislauf schlapp und schwächte ihren Körper. Im Karstadt brach sie zusammen. Ein gemütlicher Einkaufstag war in diesem Zustand nicht möglich.

Und nun war es soweit, sie wartete immer noch auf die Ärzte. Zum zweitem Mal starrte sie auf ihr Handy. Nichts.

Fünf Minuten später kam eine Ärztin. Sie wartete bis Maria sich liebevoll von ihrer Tochter verabschieden konnte und brachte sie in den Operationssaal. Maria sah ihr besorgt hinterher und zitterte am ganzen Köper. Sabrina hatte tierische Angst. Man sagte ihr, sie sollte an etwas schönes denken, also versuchte sie an Alex zu denken, um sich ein wenig abzulenken, doch nicht einmal das half ihr dabei diese Angst zu überwinden. Dann gab man ihr die Narkosespritze und sie schlief friedlich ein.

oOo

«Warum schaust du mich so besorgt an?» fragte Sabrina ihre Mutter als sie gerade aus dem Schlaf erwacht war.

«Ich habe mir tierische Sorgen gemacht.» erklärte sie.

«Die Operation sollte 20 Minuten dauern, du warst allerdings fast zwei Stunden drin und die Ärzte sind hysterisch hin und her gelaufen. Als sie mit dir fertig waren, hat man mir endlich erklärt, dass du wahnsinnig viel Blut verloren hast, darauf waren sie nicht vorbereitet.»

Sabrina schaute sie mit ihren verschlafenen Augen an:

«Komisch, aber jetzt weiß ich auch warum mir so schwindlig ist.»

Maria versuchte ein kleines Lächeln in ihr noch immer besorgtes Gesicht zu zaubern und strich ihr die Haare aus der Stirn.

«Jetzt ist es endlich vorbei, du hast es geschafft. Der Tumor wurde entfernt. Es sieht tatsächlich so aus, als würde es sich um ein Fibroadenom handeln, du brauchst dir also keine Sorgen zu machen, es wurde nichts weiter gefunden.»

«Gott sei Dank.» sagte sie erleichtert und holte deutlich hörbar Luft. Im gleichen Moment suchte sie nach ihrem Handy. Es war nahezu unmöglich für sie sich zu bewegen, ihr gesamter Körper tat weh obwohl nur die linke Brust operiert wurde.

Und diese Narkose... sie fühlte sich wie ausgelaugt.

Traurig musste sie feststellen, dass Alex sich immer noch nicht gemeldet hatte. Aus ihrer Freude, die Operation überstanden zu haben, entwickelte sich eine tiefe Traurigkeit und gleichzeitig schreckliche Wut.

Sie hatte sich so sehr gewünscht, er wäre mitgekommen um ihr bei diesem Eingriff beizustehen, doch da er meinte, er dürfe die Klassenarbeiten nicht verpassen und wüsste nicht wie er das seinen Eltern erklären sollte, hatte sie wenigstens auf ein paar Anrufe oder Kurzmitteilungen gehofft. Wie er es ihr versprochen hatte.

Macht er sich denn gar keine Sorgen um mich? fragte sie sich traurig.

«Es ist einfach hoffnungslos.» erklärte sie ihrer Mutter.

«Ich liebe diesen Kerl abgöttisch, bin nahezu abhängig von ihm, doch er ist so wahnsinnig schwer zu durchschauen. Manchmal zeigt er mir, dass er mich wirklich gern hat, aber einen Tag später tut er fast so, als seien wir uns fremd. Was habe ich nur falsch gemacht? Warum kann er mich nicht einfach so lieben wie ich ihn liebe?»

Maria hatte Mitleid mit ihr.

Wie kann er ihr das nur antun?, dachte sie. *Wie kann er es wagen sich nicht zu melden?*

«Ach Sabrina, ich weiß doch auch nicht, was in ihm vorgeht. Er war doch schon immer ein etwas schwieriger Mensch, zumindest in Sachen Beziehung. Ich finde ihn als Typ klasse, das weißt du, aber er ist eben nicht dazu in der Lage zu lieben.»

«Nein, das stimmt nicht», wiedersprach sie schnell, «Als er mit Mia, meiner damaligen besten Freundin zusammen war, hat er sich richtig Mühe gegeben und da war er sogar noch jünger als jetzt. Er hat ihr Briefe geschrieben, sich so oft es ging bei ihr gemeldet und er hat mich sogar immer wieder ausgequetscht, ob sie ihn wirklich lieben würde und so weiter...Es muss an mir liegen. Vielleicht war ich für ihn einfach zu leicht zu haben. Vielleicht denkt er, er müsse sich keine Mühe geben, weil ich ihm eh nicht wegrenne. Ich bin ja schon seit Jahren in ihn verliebt.»

Plötzlich riss Maria die Augen ganz weit auf. Sie hatte eine Idee.

«Gut, dann zeig ihm dass du nicht leicht zu haben bist.»

«Wie meinst du das Mama? Jetzt ist es zu spät, er kennt mich zu gut.»

Maria schaute zum Fenster hinaus und dachte

eine Weile nach. Dann machte sie ein zufriedenes Gesicht.

«Also Kleine...um ihm zu zeigen, dass er sich seiner Sache mal nicht so sicher sein soll, hörst du zu aller erst einmal auf damit, ihm ständig zu schreiben. Wenn er sich nicht meldet, dann meldest du dich eben auch nicht. Sollte das nichts bringen und er meldet sich tatsächlich tagelang nicht, dann solltest du sowieso mal über deine Beziehung nachdenken.»

«Schön und wenn er sich dann wirklich nicht meldet bin ich tagelang deprimiert und heule mir die Augen aus dem Kopf. Vergiss es Mama, wir beide wissen dass ich ohne ihn nicht leben kann.»

«Gut, du musst selbst wissen ob du das weiterhin mit dir machen lassen willst. Ich will dir ja nur helfen. Entweder man findet eine Lösung oder man muss eben doch Schluss machen.»

‚Schluss machen", diese Bezeichnung kreischte in Sabrinas Ohren. Wieso macht ein Mensch mit einem anderem Schluss, wenn er ihn tief im Inneren noch liebt?

Alex hatte sich während ihrer zwei jährigen Beziehung schon zwei Mal von ihr getrennt. Das lag einmal daran, dass sie mit der heimlichen Beziehung nicht einverstanden war und beim zweiten Schlussstrich ging es um Sabrinas Eifersucht.

Es gab vor allem neben Tanja, noch ein vollbusiges Mädchen welches sich immer mehr an ihn ranmachte.

Amanda war vor langer langer Zeit mal sehr gut mit Sabrina befreundet. Doch dann, aus heiterem Himmel, hatte Amanda andere Interessen und freundete sich mit anderen Mädchen an. Sie wollte mit Sabrina plötzlich nichts mehr zu tun haben. Tja und dann wusste Amanda ja, dass Sabrina in Alex verliebt war, also gab es nicht schöneres, als ihr das Leben zur Hölle zu machen. Alex und Amanda saßen ein ganzes Jahr lang im Unterricht nebeneinander. Sie lachten und lachten und verstanden sich bestens. Das wäre ja alles nicht so schlimm gewesen, wenn Alex Sabrina gegenüber genauso nett und humorvoll gewesen wäre. Amanda wurde aber deutlich bevorzugt. Gott sei Dank, musste Amanda die Schule nach ihrem Hauptschulabschluss verlassen.

Sabrina war damals deutlich erleichtert, da Alex nun auch begann sich mehr um sie zu kümmern.

«Ach Mama, ich werde ausnahmsweise mal auf dich hören und mich wirklich nicht mehr bei ihm melden.»

Ihre Mutter nickte erleichtert und bat Sabrina etwas zu schlafen, um sich von der Operation zu erholen.

KAPITEL IX

Seit ihrer Rückkehr, hatte Sabrina gemischte Gefühle. Sie wollte positiv denken, doch durch die Operation hatte sie wahnsinnige Schmerzen in der linken Brust und musste täglich Schmerztabletten nehmen. Das brachte sie manchmal ganz schön aus der Fassung. Außerdem war sie besorgt, denn zur Sicherheit hatte man ihr etwas mehr Gewebe als nötig entfernt, wo sie doch eh schon so wenig hatte. Somit hatte sie nun eine kleine Delle an der Außenseite ihrer linken Brust.

Wieso muss mir sowas passieren? Ich bin doch noch so jung.

Ihr Arzt hatte ihr auch ganz ehrlich gesagt, dass ihre Brust wahrscheinlich nicht mehr viel wachsen würde und die Delle somit nicht auf natürliche Art und Weise ausgefüllt werden könne. Sie müsse also damit leben.

Es war kein angenehmes Gefühl und trotzdem fühlte sie sich erleichtert darüber, es endlich hinter sich gebracht zu haben. Wichtig war einzig und allein ihre Gesundheit. Doch die Ärzte hatten sie ebenfalls vorsichtig darauf hingewiesen, dass so ein Fibroadenom leider immer wieder erscheinen kann und dass sie daher nun alle sechs Monate zur Kontrolle müsste.

Alex hatte sie seit ihrer Rückkehr auch schon öfters gesehen. Sie war nach wie vor sehr enttäuscht darüber, dass er sich nicht ein einziges Mal gemeldet hatte, als sie in Deutschland war, wo er es ihr doch vorher noch versprochen hatte, aber sie wollte den Rat ihrer Mutter befolgen und machte daher keinerlei Äußerungen dazu. Im Gegenteil, sie war freundlicher denn je.

Die Tage die sie miteinander verbracht hatten, waren sehr schön. Beide gaben sich Mühe so gut wie möglich miteinander umzugehen, vor allem da es ihr noch nicht besonders gut ging. Alex gab ihr eine Menge Kraft und half ihr wie immer über die schwierigsten Dinge im Leben hinweg zu kommen.

Doch bei einer Sache war er machtlos, damit konnte er ihr nicht helfen, obwohl er es doch so sehr versucht hatte.

Der letzte Schultag stand bevor und somit auch die Entscheidung ob Sabrina den Sprung von der Realschule auf das Gymnasium geschafft hatte, oder ob sie die Schule schon verlassen müsse.

Alex hatte ihr immer wieder Mut zugesprochen und sie motiviert. Während seiner Mathe-Nachhilfe-Stunden konzentrierte er sich nur noch auf die Klausuren statt sich von Sabrinas Annäherungsversuchen irritieren zu lassen. Er wollte ihr wirklich helfen, denn die Tatsache, dass sie die Schule schon nach der zehnten Klasse verlassen sollte, bedeutete natürlich auch, dass die Beziehung gefährdet war. Natürlich war sie nicht aus der Welt, doch die Gewohnheit sich jeden Tag in der Schule zu sehen, würde einem schon fehlen. Sabrina hatte alles gegeben um bleiben zu können, doch die Umstände dieser Operation hatten ihr viele Steine in den Weg gesetzt, denn es war wirklich nicht leicht sich bei dem ganzem Druck und bei der enormen Angst noch auf die Klausuren zu konzentrieren. Sie hatte wochenlang nicht mehr richtig geschlafen und war fix und fertig mit den Nerven.

Die Zeugnis Vergabe stand bevor doch Sabrina machte sich nichts vor, sie wusste dass sie im Notendurchschnitt 0,2 zu viel hatte.

Schon Tage vorher, hatte sie gerechnet und gerechnet, doch es war einfach nichts zu machen.

«Guten Morgen meine Lieben.» begrüßte der Klassenlehrer seine Schüler.

«Wie ihr wisst müssen wir uns heute von vier unserer Schüler verabschieden. Zwei eurer Klassenkameraden haben mich gebeten, ihnen die Möglichkeit zu geben, noch ein paar Abschiedsworte loszuwerden, dazu habt ihr jetzt die Möglichkeit.»

Plötzlich standen Alex und Lea auf und gingen nach vorne. Sabrina war erstaunt, damit hatte sie nicht gerechnet.

«So» begann Alex.

«Es fällt uns wirklich nicht leicht uns von euch vieren zu verabschieden. Wir haben viele Jahre zusammen verbracht und wahnsinnig viel Spaß zusammen gehabt. Ohne euch wird in dieser Klasse etwas fehlen denn ihr gehört einfach dazu. Wir wünschen euch auf euren Wegen alles Gute und natürlich viel Erfolg. Ihr werdet uns fehlen!»

Alex ging zurück zu seinem Platz und bekam reichlich Applaus. Dann verteilte Lea Plakate Abschiedsplakate an alle die die Schule verlassen sollten.

Sabrina starrte ihr Plakat an und fing sofort an zu weinen.

Es war ein Plakat mit vielen Erinnerungen und Abschiedssätzen. Die Fotos sagten mehr als tausend Worte. Es war ein tolles Abschiedsgeschenk.

Es dauerte nicht lange und schon fingen alle anderen auch an zu weinen. Die Klasse blieb stumm. Alle waren traurig und konnten nicht fassen dass nun ein neues Leben beginnt.

Die Schulzeit war nicht immer angenehm gewesen, schon gar nicht für Sabrina. Als sie in die Pubertät kam, bekam sie den Drang neue Dinge auszuprobieren, so kam es schon mal vor, dass sie plötzlich mit roten Strähnen oder Minirock und hohen Stiefeln antanzte. Nicht alle Mitschüler hatten dafür Verständnis und manche fingen dementsprechend auch an über sie zu lästern.

Doch gerade die letzten Jahre hatte sich einiges verändert. Alle waren viel erwachsener geworden, auch von ihrer ganzen Art her. Es entstand eine Art Zusammenhalt der Klassenkameraden, der unglaublich schön war. Plötzlich waren andere Dinge viel wichtiger als Streitereien, Gemecker und Lästerei. Für Sabrina, die ja ein Einzelking war, wurde ihre Klasse zu ihrer großen Familie. Zwar hasste sie es morgens so früh aufzustehen, den Unterricht über sich ergehen lassen zu müssen und vor allem, die Hausaufgaben und die Klausuren, doch wenn sie dann unter all den anderen war, fühlte sie sich wohl, wie Zuhause. Sie wollte nicht gehen. Noch nicht.

«So, es ist Zeit sich noch mal zu drücken und sich zu verabschieden.» sagte Herr Müller und zeigte auf die Uhr.

Alle verließen ihre Plätze und taten das unvermeidbare…sie verabschiedeten sich von den Menschen, mit denen sie so viele Jahre verbracht hatten. Sabrina umarmte jeden so doll und so lang es ging. Sie war dabei, ihre zweite Familie zu verlieren. Viel zu früh. Leider hatte sie diesen harten Kampf bei all den Sorgen ganz ganz knapp verloren. Sie suchte im Gang ebenfalls noch schnell nach ihren Lehrern, die sie auf ihrem harten Weg begleitet hatten. Erleichtert atmete sie auf, als sie wenigstens ihre zwei Lieblingslehrer fand und sie noch ein Mal kurz drücken durfte.

Doch dann war es auch schon so weit, die Busse warteten bereits auf die Schüler.

Schnell packte sie ihre Tasche und rannte den Flur runter um den Bus nicht zu verpassen. Ein letztes Mal drehte sie sich um und sah sich das Schulgebäude von oben bis unten genau an. Vor ihr befand sich das Gebäude der Oberstufe und höheren Klassen. Links von ihr das alte Gebäude wo sie aufgewachsen war, vor dem großen Umbau. Sie war ihren Eltern so unglaublich dankbar, dass sie ihr die Möglichkeit gegeben hatten diese hochqualifizierte Schule zu besuchen.

Ich werde es so sehr vermissen! – flüsterte sie in sich hinein und stieg in den Schulbus.

Am nächsten Morgen wurde Sabrina schon sehr früh wach, doch sie blieb noch mindestens eine Stunde liegen um in Ruhe über ihre Zukunft nachzudenken. Nachdem dieser Versuch kläglich scheiterte weil sie absolut keine Ahnung hatte was sie nun machen sollte und weil ihr Kater Simba der Meinung war, er müsse sie unbedingt aus dem Bett miauen, trampelte sie ins Bad und fing mal wieder an sich mit ihrem Spiegelbild zu streiten.

Mein Gott - dachte sie - *wie sehe ich denn aus?*

Ihre Augen war ganz dick und klein vom Weinen, da sie nicht nur in der Schule sondern auch Zuhause noch lange geweint hatte, als sie ihren Eltern von ihrem Abschied erzählte. Nachts hatte sie kaum geschlafen. Ständig musste sie an ihre Freunde und die Schule denken, sie wollte einfach nicht fassen, dass nun alles endgültig vorbei war. Sie war absolut noch nicht bereit für ein neues Leben und hatte keine Ahnung was sie nun machen sollte. Dadurch, dass sie so lange gekämpft hatte, um den großen Sprung zu schaffen, hatte sie noch keine Pläne für ihre Zukunft gemacht. Nun ärgerte sie sich ein wenig darüber, da ihr immer klarer wurde wie unsinnig der Gedanke war, es auf das Gymnasium schaffen zu können, schließlich hatte es in der gesamten

Schulgeschichte erst ein einziger Schüler geschafft. Und sie war nun wirklich kein besonders begabtes Mädchen. Ihr Vater hatte da schon so einige Ideen, er wollte sie überreden in einer Bank oder beim Steuerberater anzufangen, aber Sabrina wollte nichts dergleichen.

Ein grausames unfaires und hartes Jahr - fand sie.

Und dann musste sie wieder an Alex denken. Nun hatte er erst einmal Sommerferien und wollte mit seinen Eltern nach Amerika reisen, doch wie sollte es dann weitergehen? Amanda hatte ja schon ein Jahr zuvor die Schule verlassen und zusammen mit Sabrina war nun auch Tanja gegangen. Doch für Alex standen nun die zwei schwierigsten Schuljahre bevor um sein Abitur abzuschließen und dies würde bedeuten, wenn man sich nicht einmal mehr in der Schule sieht, wann dann? Sie fühlte sich so machtlos.

Langsam schlenderte sie nach oben ins Wohnzimmer, wo ihre Mutter sie bereits erwartete.

«Na Schatz, wie geht es dir heute? Setz dich doch und iss was.»

Sabrina gähnte und schmierte sich ein Schwarzbrot mit Leberwurst. Sie war etwas irritiert von dem komischen Gesichtsausdruck ihrer Mutter.

Sie war morgens sonst nie so gut gelaunt und nachdem ihre Tochter am Tag zuvor die Schule zutiefst empört verlassen musste, fand sie ihr freches Grinsen schon fast unverschämt. Maria wandte sich ihr zu.

«So» sagte sie plötzlich als Sabrina gerade dabei war in das Brot zu beißen.

Mein Fräulein, ich habe dir etwas zu sagen. Ich war so frei und habe heute Morgen bei der Schule angerufen um mich von der Sekretärin und dem Direktor zu verabschieden, schließlich kannten wir uns schon einige Jahre. Als sie mich fragten, warum du es nicht geschafft hast, habe ich ihnen von deinem Tumor und der Operation erzählt. Ich dachte ja sie wüssten davon aber wie es aussieht hast du nie etwas davon erwähnt.»

«Na und?» antwortete Sabrina genervt.

«Das geht ja auch niemanden etwas an. Ich brauche kein Mitleid.»

«Tja das ist schade, denn dein Direktor sah das ganz anders. Hätte er gewusst, dass du unter solch einem Druck standest, hätte er natürlich eine Lösung gefunden. Er war so geschockt, dass er sofort Himmel und Hölle in Bewegung gesetzt hat und, wer sagt's denn,…es hat geklappt…du darfst dein Abitur machen.» Maria hüpfte freudig hin und her.

In dieser Sekunde fiel Sabrina das Brot aus der Hand. Sie schaute ihre Mutter unglaubwürdig an, doch als sie ihren Freudentanz und die enorme Freude in ihrem Gesicht sah, fing sie an wie wild zu schreien vor Freude und Erleichterung.

«Du bist die beste Mutter der Welt!» kreischte sie euphorisch.

KAPITEL X

«Hey? Bist du glücklich?» fragte Alex Sabrina, während er sie mit einem erwartungsvollen Grinsen ansah.

«Sie haben sich alle gefreut dass du wieder da bist. Wie sie geguckt haben, damit hat wohl keiner gerechnet. Du bist doch sicher ganz aus dem Häuschen?»

Sie ließ ihren Blick noch einmal durch das gesamte Klassenzimmer schweifen und zwickte sich selber einmal kurz in den Arm. Aua! Sie war tatsächlich wach.

«Ich kann es einfach immer noch nicht glauben.» erklärte sie kopfschüttelnd.

«Vor knapp drei Monaten habe ich mich für immer verabschiedet und nun sitze ich wieder hier, als wäre nichts passiert.»

Alex nickte stolz und flüsterte ihr sanft ins Ohr :

«Aber vor allem sitzt du zum erstem Mal neben mir. Und das Tag für Tag. Ich hoffe du kannst dich benehmen und zusammenreißen, obwohl ich ja weiß wie unwiderstehlich ich bin.»

Sie musste grinsen und war sich darüber bewusst, was für ein großer Schritt dies für Alex war. Doch dann schaute sie eine Weile ins Leere während sich ihr Gesichtsausdruck drastisch veränderte.

«Alex, hast du heute Nachmittag Zeit?»

«Heute eher nicht.» antwortete er schulterzuckend.

Sabrina atmete einmal tief ein und startete einen neuen Versuch.

«Bitte, es ist wichtig. Ich muss mit dir reden.»

Schnell gab Alex ihr ein Zeichen und deutete zur Tür, der Klassenlehrer hatte gerade den Raum betreten, um mit dem Unterricht zu beginnen. Er sah sie nochmal kurz an und nickte zustimmend bezüglich des Treffens.

oOo

Zuhause vor dem Treffen mit Alex, machte Sabrina es sich kurz gemütlich und ließ ihre Sommerferien noch einmal Revue passieren.

Es war ein wundervoller Sommer gewesen. Um ihren sechszehnten Geburtstag auf ganz besondere Art und Weise zu feiern, schenkten ihre Eltern ihr einen tollen Familienurlaub, zusammen mit ihrer besten Freundin Jessy, in einem kleinem Ort an einer Küste Italiens.

Noch immer träumte sie von den tollen Tagen die sie dort verbracht hatten.

Es war ein vier Sterne Hotel, wo Sabrina und Jessy natürlich ihr eigenes Zimmer hatten. Vor dem Hotel, ein traumhaft schöner Strand mit weißem Sand und glasklarem Wasser. Jeden Tag verbrachten sie mindesten drei bis vier Stunden dort, bräunten sich und holten sich hin und wieder eine frische Abkühlung im Meer. Direkt neben den Sonnenliegen, hatte das Hotel eine kleine Bar aufgebaut, wo man sich köstliche Getränke und Snacks holen konnte. Das gesamte Hotelpersonal war sehr nett und zuvorkommend, man fühlte sich wie Zuhause.

Dann war es endlich soweit, sie hatte Geburtstag und ihre Eltern hatten ein leckeres Abendessen mit Livemusik organisiert. Die Krönung war das Geschenk ihrer Eltern. Ein Goldring mit einem kleinem Herz aus Diamanten. Es war ihr erster echter Ring und sie freute sich riesig über diesen tollen Einfall. Sie war so stolz und glücklich über ihr erstes wertvolles Schmuckstück, dass sie sich kaum traute es zu tragen. Immer wieder tastete sie ihre Hand ab um sich zu vergewissern, dass ihr tolles Geschenk noch in ihrem Besitz war.

Doch der restliche Tag war nicht so positiv verlaufen wie der Abend, an dem sie dank der Feier endlich ein wenig abschalten konnte und die Welt um sich herum vergessen hatte. Für Sabrina war ihr sechszehnter Geburtstag etwas ganz besonderes, sie hatte sich schon so lange darauf gefreut. Dementsprechend wichtig war es ihr auch, den Tag mit den Menschen zu verbringen, die sie am liebsten hatte und da fehlte ihr Alex natürlich, der selber im Urlaub mit seinen Eltern war. Mehrmals hatte sie auf ihr Handy geschaut. Keine sms, nichts. Kurz vor dem Abendessen hatte sie sich dann sogar dazu entschlossen für eine Stunde Internetanschluss zu bezahlen, weil sie sich sicher war, wenn er ihr keine sms geschickt hatte dann mit großer Wahrscheinlichkeit eher eine E-Mail. Sie hoffte so sehr. Leider vergebens, denn als sie endlich in ihr E-Mail Konto eingeloggt war, musste sie feststellen, dass auch keine E-Mail von ihm eingegangen war. Sie hatte sämtliche Nachrichten mit Glückwunschtexten, aber keine von ihm.

Es blieb also nur noch zu hoffen, er würde anrufen um ihr persönlich zu gratulieren, doch als

Sabrina kurz nach Mitternacht noch ein letztes Mal auf ihr Handy schaute, wurde ihr schnell klar, Alex hatte sie entweder vergessen, oder er hatte es nicht für nötig gehalten ihr zu gratulieren.

In dem Moment war sie wutentbrannt und konnte es sich auch nicht verkneifen an ihren fünfzehnten Geburtstag zu denken.

Sie konnte sich noch ganz genau daran erinnern, wie das Telefon klingelte und ihre Mutter freudig zu ihr runter schrie :

«Sabrinaaaa, Alex ist am Telefooon.»

Wie von einer Tarantel gestochen rannte sich hoch, schnappte sich das tragbare Telefon und verschwand voller Freude in ihr Zimmer. Sie begrüßte ihn eifrig und wartete auf seine Glückwünsche, als er sagte:

«Hey Sabrina, wie geht's? Nur ganz kurz damit es nicht zu teuer wird. Ich bin ja im Urlaub und heute Abend kommt auf MTV ein hammer Konzert, kannst du mir das bitte aufnehmen?»

Erst als sie zustimmte und er sich tatsächlich ohne weiteres von ihr verabschiedete, wurde ihr bewusst, dass er nicht wegen ihrem Geburtstag angerufen hatte.

Sie war damals so enttäuscht und nun, genau ein

Jahr später, musste sie eine ähnliche Situation erleben.

Der Tag nach ihrem Geburtstag begann ähnlich. Sie war sehr schlecht gelaunt, bis ihre beste Freundin Jessy ein Machtwort sprach. Sabrina konnte sich noch genau an ihre Worte erinnern, denn von dem Moment an veränderte sich etwas in ihrem Kopf :

«So Sabrina, du hörst mir nun ganz genau zu, verstanden? Aus irgendeinem Grund liebst du diesen undankbaren gefühlskalten Kerl nach allem was er dir bereits angetan hat wohl immer noch. Du schaust jetzt ein letztes Mal auf dein Handy und von mir aus gehst du auch nochmal an den Computer und schaust ob er dir doch noch eine E-Mail geschickt hat. Und dann darfst du dich entweder freuen, oder du legst dein Handy endgültig zur Seite und genießt deinen Urlaub weiterhin so, wie es geplant war. Verdammt Sabrina, mach die Augen auf, seit wir hier angekommen sind, hat der süße Kerl aus der Hotelküche ein Auge auf dich geworfen und du verschwendest deine Zeit damit, um jemanden zu trauern, der dich wahrscheinlich nicht einmal richtig liebt.»

Jessy hatte absolut Recht. Schon von Anfang an hatte Sabrina bemerkt wie ein gutaussehender sympathischer Kerl versuchte mit ihr zu flirten. Er gefiel ihr richtig gut, aber sie war eine treue Seele. Doch als sie Jessys Ratschlag befolgte und feststellen musste, dass noch immer keine Nachricht von Alex eingegangen war, drehte sich ihr Urlaub um 180 Grad. Von dem Moment an war sämtliche Trauer verflossen, denn sie war fest davon überzeugt, dass sie so etwas nicht nötig hatte und schon gar nicht hatte sie so etwas verdient.

Von dem Tag an, benahm sich Sabrina wie ein anderer Mensch. Sie hatte dem gutaussehendem Sasha sogar die Möglichkeit gegeben sie näher kennenzulernen. Jessy war darüber extrem froh, da sie schon von Anfang an ein Auge auf seinen Kumpel geworfen hatte. Zu viert gingen sie abends einen Cocktail trinken, besuchten die bekanntesten Discos der Gegend und machten wunderschöne Strandspaziergänge, bei denen sie sich irgendwann teilten und nicht mehr zu viert sondern nur noch jeweils zu zweit waren. Sabrina und Sasha tauschten sich intensiv über ihre Lebenserfahrungen, ihre Gedanken und Zukunftswünsche aus. Die Zeit verging so unglaublich schnell und mit jedem Tag der verging, verliebte sich Sasha ein Stückchen mehr in sie. Am letzten Abend gestand er ihr seine Gefühle und sie umarmten sich ganz fest. Sabrina fühlte sich so unendlich wohl in diesem Moment. Doch der Abreisetag stand vor der Tür. Es war grausam für sie. Sasha erwartete sie mit einer wunderschönen Rose und sagte ihr, sie sei das Schönste was er jemals gesehen und kennengelernt hatte. Als sie in das Auto stieg um zum Flughafen zu fahren, begannen die Tränen zu kullern. Sie wusste sie hatte das Richtige getan, denn diese Urlaubsgeschichten hatten ihrer Meinung nach keine Zukunft. Außerdem war es durchaus möglich, dass Sasha das schon zu mehreren Urlauberinnen gesagt hatte. Wie es nun auch immer sei, das war in dem Moment absolut unwichtig, denn etwas viel wichtigeres war geschehen. Sabrina wusste endlich wie sich so etwas wirklich anfühlen sollte und ihr war durch diesen Urlaub auch bewusst geworden, was sie wirklich von einem Kerl erwartet und was sie braucht um glücklich zu sein.

Nachdem sie sich dazu zwang, sich von den Erinnerungen der Sommerferien loszureißen, machte Sabrina sich direkt auf den Weg zum Treffen mit Alex.

«Bist du dir sicher, dass du mit ihm darüber reden willst?» fragte Maria vorsichtig.

«Ganz sicher Mama. Ich glaube das Fass ist übergelaufen und ich muss in Erfahrung bringen, wieso er mir jedes Mal so etwas antut.» entgegnete Sabrina empört.

«Wir sind nun drei Jahre zusammen, wobei man das eigentlich erst seit sieben Monaten als richtige Beziehung bezeichnen kann. Aber immer gerade dann, wenn ich denke dass nun alles so ist wie es sein muss, bringt er mich wieder mit irgendetwas aus dem Konzept und macht mich nervlich fertig.»

Maria wusste, dass ihre Tochter recht hatte und nickte zustimmend.

«Ich bin ganz deiner Meinung Sabrina, aber du musst dir auch über die Konsequenzen im Klaren sein. Alex lässt sich nicht gerne etwas sagen.»

Sabrina verdrehte die Augen.

«Wem sagst du das?» antwortete sie und verabschiedete sich von ihrer Mutter.

Alex stand schon vor dem Einkaufszentrum. Er war zum erstem Mal pünktlich. *Wie passend* - dachte Sabrina.

«Hi Sabrina!» Alex begrüßte sie mit einem flüchtigen Kuss.

«Ich habe leider nicht viel Zeit, aber du wolltest ja unbedingt mit mir reden. Was ist passiert?»

Sabrina nickte und zeigte auf zwei Stühle.

«Setz dich bitte.» bat sie ihn.

Dann atmete sie tief ein und sah ihn mit ernstem Blick an.

«Ich kann nicht mehr!»

Alex wurde blass und sah sie irritiert an.

«Bitte was?» entgegnete er rasch.

«Du liebst mich nicht Alex. Du kannst mich gar nicht lieben. Weißt du überhaupt was Liebe ist?»

Sabrinas Tonfall war ernster und selbstbewusster denn je.

«Weißt du» fuhr sie schnell fort «Es ist mir absolut unverständlich, wie jemand nach sechs Wochen in denen man sich nicht gesehen hat, nicht einmal kurz dazu in der Lage ist sich zu melden. Aber was mir überhaupt nicht in den Kopf will,

ist, dass du mir zum zweitem Mal nicht zum Geburtstag gratuliert hast.»

Sie steigerte sich immer mehr in ihre Worte und
Gefühle hinein :

«Aber da fällt mir ein, es war ja nicht nur an meinen letzten beiden Geburtstagen so. Wo warst du
als ich operiert wurde? Wo waren die ganzen
versprochenen sms? Ich kann mich an keine eine
erinnern.» Das musste nun einfach raus. Sie hatte
es schon zu lange verdrängt.

Alex unterbrach sie schnell, als er befürchtete,
gar nicht mehr zu Wort zu kommen.

«Was ist denn mit dir los? Was soll das Ganze
jetzt plötzlich?»

Sabrina fiel die Kinnlade herunter. Sie starrte ihn
empört an. Ihre Stimme wurde lauter.

«Was das soll? Erklär mir doch bitte endlich warum du es in der ganzen Zeit nicht ein einziges
Mal für nötig gehalten hast dich bei mir zu melden? Das war ja nicht das erste Mal. Also bitte,
warum?»

«Weil ich einfach nicht das Bedürfnis dazu hatte
mich zu melden.» platze es Alex plötzlich ganz
unerwartet heraus.

Mit dieser Antwort hatte Sabrina nicht gerechnet. Still saß sie da und senkte den Kopf. Das war wie ein Schlag ins Gesicht. Sie hatte sich sämtliche Ausreden ausgemalt, nur nicht dieses gefühlslose Geständnis. Eigentlich wollte sie nichts mehr sagen, für sie war in diesem Moment eine ganze Welt zusammengebrochen. Sie hatte auch keine Lust mehr näher darauf einzugehen, auch ihr Geburtstag war ihr plötzlich egal. Sie musste sofort an Sasha denken. Vor wenigen Wochen sagte man ihr noch wie schön sie sei, dass sie etwas ganz besonderes sei und man himmelte sie an als gäbe es nichts besseres auf der Welt. Doch sie hatte immer zu Alex gestanden, trotz all der Wut und Trauer, trotz allem was er getan hatte.

Als sie Alex ansah spielte er gerade an seinem Handy rum. Fassungslos fuhr sie fort.

«Du willst mir also wirklich sagen, dass du nach sechs Wochen einfach nicht das Bedürfnis danach hattest, dich bei deiner Freundin zu melden?»

Alex zuckte mit den Schultern.

Diese Geste bewegte Sabrina dazu aufzustehen, sich wortlos umzudrehen und einfach zu gehen.

KAPITEL XI

«**D**u verarscht mich?» schrie Jessy empört.

«Pssst, nicht so laut, das muss nicht jeder mitkriegen.» schlichtete Sabrina sofort.

«Aber nein!» fuhr sie fort «Ich verarsche dich nicht, das hat er wirklich so gesagt. Ich kann es selbst noch nicht glauben.»

«Warum sagst du mir das erst jetzt?» fragte Jessy sauer. Normalerweise platzten alle Probleme und Sorgen direkt aus Sabrina heraus, sie konnte es nicht ertragen solche Dinge für sich zu behalten, denn sie wünschte sich stets einen guten Rat oder einfach eine Schulter zum ausheulen.

«Weil wir uns die letzten Tage kaum gesehen haben.» erklärte Sabrina. «Das ist kein Thema was man mal eben so im Vorbeigehen erzählt. Außerdem wollte ich mich erst beruhigen.»

Noch immer absolut fassungslos, stand Jessy auf und nahm ihre Freundin fest in den Arm. Sabrina konnte sich nicht mehr beherrschen und begann laut und hysterisch zu weinen.

Alle Blicke in der Schulkantine waren auf sie gerichtet.

«Ganz ruhig Sabrina, lass alles raus.» beruhigte Jessy sie sanft.

Sie krallte sich eine Serviette und wischte ihr die Tränen aus dem Gesicht. Dann hielt sie inne und sah ihre Freundin besorgt und traurig an.

«Sabrina, du siehst schlimm aus. Man sieht die ganze Verzweiflung in deinen Augen. Warum tust du dir das an?»

Wieder ging sie einen Schritt auf sie zu und drückte sie ganz fest. Sabrina bekam keinen Ton heraus, sie schluchzte so sehr, dass sie kaum noch Luft bekam. Außerdem hatte sie keine Antwort auf diese Frage. Sie wusste selber nicht warum sie sich das antat. Sie war sich selber nicht mehr sicher, ob sie das noch will. Ihr wurde immer bewusster, dass eine Trennung unvermeidlich war, doch sie hatte so lange um ihre Beziehung gekämpft und konnte es nicht verkraften, nun alles den Bach runter gehen zu lassen. All die Jahre und all die Mühe...umsonst? Nein, das wollte sie nicht wahrhaben.

Die Klingel begann zu rauschen und Sabrina wedelte wie wild mit ihrem Block vor ihrem Gesicht herum, um die Tränen zu trocknen.

«Du schaffst das!» Jessy versuchte ihr Mut zu machen.

«Du reißt dich nun zusammen, bis der Schultag vorüber ist und dann reden wir heute Nachmittag nochmal.»

Sabrina sah ihre Freundin verwirrt an.

«Heute Nachmittag?»

«Ja, das Volleyballspiel am Strand.»

«Oh mein Gott, das habe ich total vergessen.» erinnerte sich Sabrina. Dann riss sie abrupt die Augen auf.

«Nein, das geht nicht, Alex kommt auch. Das kann ich jetzt gar nicht gebrauchen.»

Jessy konnte sich ihren genervten Blick nicht weiter verkneifen. Wie immer antwortete sie sehr direkt :

«Also entweder triffst du so langsam mal eine endgültige Entscheidung, bezüglich deiner Beziehung mit Alex, oder du reißt dich zusammen und versuchst dich heute Nachmittag zu amüsieren. Du kannst nicht ständig Trübsal blasen.» forderte sie Sabrina auf und hatte wie immer Recht.

«Ich versuche es.» versprach Sabrina.

Rot wie eine Tomate betrat sie das Klassenzimmer und ging mit gesenktem Blick auf ihren Platz zu, direkt neben Alex.

Wenige Tage vorher hatte sie sich noch so sehr darüber gefreut neben ihm zu sitzen, schließlich war die Hauptursache dafür, dass sie unbedingt an der Schule bleiben wollte, nicht nur das Abitur, es war vor allem wegen ihm, wegen ihrer Beziehung und Zukunft mit Alex.

Als Sabrina Platz nahm sah Alex ihr verheultes Gesicht. Er sagte kein Wort, seufzte und konzentrierte sich auf sein Buch.

oOo

Am Nachmittag saß Sabrina tatsächlich am Strand auf ihrem riesengroßen blauen Handtuch und sonnte sich mit Jessy, während die anderen Volleyball spielten. Sie selbst war dazu nicht in der Lage, sie fühlte sich absolut lustlos und hatte auch keine Kraft nach all den schlaflosen Nächten. Langsam bohrte sie mit beiden Füssen ein tiefes Loch in den viel zu heißen Sand und nickte zufrieden, als sie endlich an einer kühlen feuchten Stelle angelangt war.

Wie können die nur bei den Temperaturen da rumrennen?, fragte sie sich, während sie sich nach hinten mit beiden Händen abstützte, die Augen schloss und sich den Sonnenstrahlen hingab. Wie immer war Sabrina leicht geschminkt, wodurch es fast unmöglich war im Gesicht etwas Farbe ab zu bekommen. Nervös drehte sie sich immer wieder hin und her, es war einfach zu unbequem auf dem hartem Sand. Sie war nur ihrer Freundin zuliebe gekommen, die zufrieden neben ihr lag und Musik hörte. Sabrina beneidete Jessy. Sie war immer so unkompliziert. Kein Kerl der Welt dürfte es sich wagen mit ihr zu spielen oder sie schlecht zu behandeln, da war sie ganz streng und das war auch richtig so. Wenn es in einer ihrer Beziehungen mal nicht so lief wie sie es sich vorstellte, machte sie ganz schnell klar Schiff und blieb entweder alleine, oder suchte sich einen anderen. Dazu war Sabrina nicht in der Lage. Wenn sie einmal ihr Herz vergeben hatte, dann wollte sie auch ewig darum kämpfen.

Sie drehte sich zum Volleyballfeld und sah Alex beim Spielen zu. Es war wohl nicht sein Tag, denn er spielte grauenhaft. Normalerweise war er ein sehr begabter Sportler und nie zu bremsen.

Vor allem durch seine Größe hatte er einen klaren Vorteil gegenüber allen anderen. Doch dieses Mal sah man ihm sofort an, dass er mit seinen Gedanken woanders war. Trotzdem ließ er sich davon die gute Laune nicht verderben.

Da Jessy immer noch damit beschäftigt war sich zu sonnen und dabei laut Musik zu hören, entschloss Sabrina sich spontan dazu einen Spaziergang zu machen. Als sie sich aufrichtete ging Alex mit schnellem Schritt an ihr vorbei und holte sich seine Flasche Wasser.

«Hey, ich möchte etwas spazieren gehen, kommst du mit?» fragte sie vorsichtig und selbst ziemlich unentschlossen.

Alex trank einen großen Schluck, legte die Wasserflasche zurück auf sein Handtuch und machte sich wieder auf dem Weg zum Volleyballfeld.

«Hallooo? Alex?» sofort bereute sie ihren Versuch.

«Was?»

«Ich habe dich etwas gefragt», beschwerte sie sich, «Ob du mit mir zusammen spazieren gehen magst?»

«Nein, ich spiele weiter, geh du allein.»

Plötzlich stand Jessy wutentbrannt zwischen den

beiden. Sie hatte sie Situation wohl mitbekommen.

«Du bist echt unmöglich Alex», schrie sie selbstbewusst in die Runde, «Merkst du eigentlich noch was? Siehst du nicht wie schlecht es ihr geht? Hoffentlich wird Sabrina bald wach und ihr wird bewusst, dass du reine Zeitverschwendung für sie bist.»

Es herrschte absolute Stille. Alle Blicke waren auf Alex, Sabrina und Jessy gerichtet, als würden sie alle auf eine weitere Reaktion warten. Doch in dem Moment drehte Sabrina sich um und rannte so schnell sie nur konnte am Ufer entlang, weit weg von allen, einfach nur weg von den Problemen.

«Hallo Alex!»

Eine halbe Ewigkeit hatte Sabrina auf ihr klingelndes Handy gestarrt, bis sie sich endlich dazu entschloss dranzugehen.

«Hi. Wir müssen reden.»

«Ja, da hast du Recht.»

Für eine kurze Zeit wurde es still am anderen Ende der Leitung und Sabrina wusste sofort was los war, es kam ihr vor wie ein Deja Vu, diese Situation hatte sie nicht zum erstem Mal durchlebt.

«Wir passen nicht zusammen.» murmelte Alex schließlich.

«Wirklich? Und das fällt dir jetzt plötzlich auf? Nach drei Jahren?»

«Sabrina, ich möchte endgültig mit dir Schluss machen!»

KAPITEL XII

«Sabrina!», Jessy rannte kreischend auf sie zu, «Endlich bist du wieder da. Ich habe mir solche Sorgen um dich gemacht.» Sie fiel ihr um den Hals und drückte sie so doll, als wollte sie sie nie mehr loslassen.

«Mach das ja nicht nochmal, mir so eine Nachricht per sms zu schicken und dann drei Tage unterzutauchen, ohne dich ein einziges Mal zu melden.», sie starrte sie eindringlich an.

«Geht es dir denn besser? Magst du darüber reden?»

Sabrina nahm ihre Tasche von der Schulter und setze sich auf die Bank. Nein, sie wollte nicht darüber reden. Sie hatte ein solches Gefühlchaos durchlebt, dass sie nun selber gar nicht mehr wusste wie es weitergehen sollte. Noch völlig aufgewühlt kramte sie ihren Saft und eine Kopfschmerztablette aus ihrer Tasche und sah sich dabei vorsichtig um. Jessy sah ihr aufmerksam bei ihrem komischen Verhalten zu.

«Die Luft ist rein. Erzähl schon!»

Sabrina schluckte ihre Tablette. Dann schloss sie die Augen und atmete tief durch. Jessy hatte sich währenddessen zu ihr gesetzt und wartete immer noch auf eine Antwort, sie war sehr besorgt um ihre Freundin. Der Tag war grau und bewölkt, wie ihr Kopf und ihre Seele. Sie blickte hoch zum Schulgebäude und betrachtete den Balkon ihrer Klasse, der Klasse, in die sie nun nicht mehr zurück wollte.

«Es war alles umsonst.» sagte sie schließlich, «das ganze ackern für die Schule um auf das Gymnasium zu kommen, der ganze Kampf um unsere Beziehung. Alles!»

Jessy sah sie überrascht an :

«Wieso umsonst Sabrina? Du darfst dein Abitur machen. Was hat das eine mit dem anderem zu tun?»

«Ich habe das alles nur wegen Alex gemacht. Ich wollte wegen ihm hier bleiben. Und nun habe ich nichts mehr.»

«Das ist Unsinn!», unterbrach Jessy rasch, «Das denkst du jetzt, weil es dir schlecht geht, aber du tust das für deine Zukunft und zwar für deine eigene, nicht die mit Alex. Du wusstest innerlich, dass eure Beziehung nicht ewig halten würde.»

Plötzlich wurden sie von der Schulklingel unter-
brochen. Alle Schüler liefen schnell zu ihren
Klassenräumen, als Alex plötzlich an ihr vorbei
ging und sie ansah. Ihr lief es wie ein kalter
Schauer über den Rücken runter.

«Weißt du Jessy», fuhr sie fort, «das ist ja das
schlimmste an der ganzen Sache.» Sie stand auf
und schnappte sich ihre Schultasche. «Ich wusste
immer, dass unsere Beziehung keine Zukunft hat
und ich weiß auch heute, dass es besser so ist.»

«Aber das ist doch schon mal ein großer Fort-
schritt.» freute sich Jessy und folgte ihr den Gang
entlang zu ihren Klassenräumen.

«Ja, mag sein. Aber es tut trotzdem weh.» antwortete sie mit einem erzwungenem Lächeln
und verabschiedete sich.

Der Unterricht begann und der unvermeidliche
Kontakt zu Alex ebenso. Sie hatte sich die drei
Tage zuvor krankschreiben lassen, weil sie
wusste, sie würde daran kaputt gehen ihm so
wahnsinnig nah zu sein, denn sie konnten sich ja
nicht einfach so umsetzen. Zuhause ging es ihr
auch nicht viel besser, doch sie hatte ihre Ruhe.
Ihre Mutter hatte sich ebenfalls freigenommen
um sie ein wenig abzulenken, oder in den

schwierigsten Momenten ein offenes Ohr für sie zu haben. Doch obwohl ihre Tochter ihr unglaublich leid tat und sie wusste, wie verwirrt sie war, machte sie ihr klar, dass sie sich nicht ewig vor dieser Situation drücken konnte.

«Ich habe eine Überraschung für euch.» ertönte es plötzlich von ganz vorne. Es war ihre englisch Lehrerin die freudig mit einem Video in der Luft hin und her wedelte.

«Wir schauen heute einen Film.»

Alle waren begeistert und machten es sich gemütlich, während sie alle Rollläden runter ließ, die Lichter ausschaltete und den Film in den Rekorder legte. Auch Sabrina war durchaus dankbar für diese Art Unterricht, da sie es so langsam angehen konnte.

Plötzlich bekam sie Gänsehaut, als Alex sie von der Seite anstupste.

«Hey du. Schön dass du wieder da bist.»

Sabrina nickte eifrig ohne ihn anzusehen und starrte den Fernseher konzentriert an.

«Ignorier mich doch bitte nicht. Wie geht es dir?» fragte er deutlich besorgt, während sie unruhig auf ihrem Stuhl hin und her rutsche und sich innerlich befahl sich zusammen zu reissen.

Sie hatte diesen Moment Zuhause bereits mit ihrer Mutter einstudiert, denn dieses erste Gespräch war unvermeidbar. Maria hatte ihr geraten sich ganz normal zu verhalten und ihm ihre Trauer nicht zu zeigen. Sabrina durchlebte im Moment zwei verschiedene Situationen. Einerseits war sie davon überzeugt, dass es ihr ohne ihn besser gehen würde und dass ihre Beziehung wirklich an einem Punkt angelangt war, an dem es kein Zurück mehr gab. Andererseits war sie traurig und enttäuscht, weil sie so lange um ihn gekämpft hatte.

Schließlich entschied sie sich dazu, dem Ratschlag ihrer Mutter zu folgen, drehte sich langsam zu ihm und schenkte ihm ein kleines Lächeln.

«Es geht mir wieder gut. Ich brauchte eine Auszeit.»

Alex freute sich über ihre Antwort und berührte ihre Hand.

«Das kann ich absolut verstehen.» sagte er.

Sabrina spürte einen ganz kurzen Stich in ihrem Herz. Dankend nickte sie ihm immer noch lächelnd zu, befreite ihre Hand und konzentrierte sich weiter auf den Film.

Skeptisch saß Sabrina in der Schulkantine und sah ihr Brötchen angewidert an. Sie wusste, dass sie etwas essen musste, nachdem sie so viele Tage lang keinen Happen reingekriegt hatte, doch es schien eine unmögliche Mission zu sein. Kopfschüttelnd legte sie das Brot weg, kreuzte die Arme auf dem Tisch und sah nach draußen zum Hof, als sich ihr Blick mit dem vom Alex traf, der dort stand und sie schon seit einer Weile beobachtete. Er verabschiedete sich mit einem kurzem Faustprall von seinen Freunden und betrat die Kantine. Dann schnappte er sich rasch einen Stuhl, packte sein Schulbrot aus und setzt sich zu ihr.

Sabrina lehnte sich irritiert zurück und sah ihm zu.

Genüsslich biss er in sein Frühstück und stöhnte auffällig vor sich hin «Mmmmhhhmmm, ist das lecker.»

Sabrina musste daraufhin schmunzeln. Er kannte sie einfach zu gut und wollte sie zum Essen animieren. Sie sah sich das Schauspiel eine Weile lang an, bis sie leise in sich hinein grinste und sich ihr Brötchen schnappte. Beide verspeisten ihr Frühstück und sagten dabei kein Wort.

Ab und zu sah Alex zu ihr auf, um sich zu vergewissern dass sie auch wirklich genug isst und
wandte sich dann zufrieden wieder seinem Brot
zu.

Die gemütliche Stille zerbrach, als zwei von seinen Kumpels die Kantine betraten, sich einen
Stuhl schnappten und sich einfach zu ihnen ge-
sellten.

«Schön dass du wieder da bist.» sagte Luca und
strich Sabrina dabei sanft über die Schulter.

Nur wenige Sekunden später, hörte man in der
Kantine lautes Gelächter und mächtig Lärm. Alle
vier saßen zusammen am Tisch und quatschten
über Gott und die Welt.

«Sabrina ist eine hervorragende Tänzerin», ver-
riet Alex, «allerdings werdet ihr das nie live erleben, weil die Dame einfach viel zu schüchtern ist.
Aber für mich hat sie schon den „Mambo Num-
ber 5" getanzt.»

Luca und Ben lachten sich schlapp und animier-
ten sie gespannt, während sie dabei eifrig in die
Hände klatschten :

«Sabrina, Sabrina, Sabrina...»

Schließlich konnte auch sie sich nicht mehr halten und lachte sich kaputt. Alle lachten glücklich
zusammen. Sie fühlte sich wohl. Kurz sah sie zu

Alex rüber und als ihre Blicke sich trafen zwinkerte er ihr zu als wolle er sagen «Es wird alles gut!»

oOo

Nach acht langen aber gar nicht so schlimmen Stunden, war der Schultag endlich vorbei. Ihre Mutter erwartete sie ungeduldig und besorgt an der Bushaltestelle.

«War es schlimm?» fragte sie vorsichtig.

«Jaein», erklärte Sabrina, «Als ich dort ankam und ihn sah, wollte ich nur noch wegrennen.» Sie hielt kurz inne und holte deutlich hörbar Luft. «Doch dann kam alles anders.»

Maria unterbrach sie nicht und hörte aufmerksam zu.

«Ich weiß auch nicht Mama, ich habe mich plötzlich wohl gefühlt. Es geht mir gut.»

Nun weiteten sich Marias Augen und ihr Gesicht verwandelte sich in ein Fragezeichen.

«Ich weiß nicht wie ich das erklären soll» fuhr Sabrina fort. «Ich habe nicht mehr das Gefühl

IHN verloren zu haben. Ich habe unsere Beziehung verloren, ich muss mir selber eingestehen, dass diese nicht mehr zu retten war und dass es besser so ist, aber ich fühle mich nicht so, als hätte ich das verloren, was mir schon immer das wichtigste war und das ist nun mal er, egal auf welche Art und Weise.»

«Soll das heißen, du ziehst eine Freundschaft in Erwägung?»

Sabrina senkte den Blick und begann nervös und unsicher auf ihrer Lippe herumzukauen. Sie musste selbst erst einmal verdauen was gerade in ihr vorging, denn diese Gefühle waren ihr absolut neu. Sie fühlte sich ein ganzes Stück selbstbewusster.

«Ja!» sagte sie schließlich, «Ich glaube wir könnten richtig gute Freunde sein.»

DANKE

Ich danke allen für ihre Hilfe und Unterstützung.

Meinen Eltern dafür, dass sie in dieser schwierigen Zeit immer für mich da waren, mich getröstet und mir Kraft gegeben haben.

Meinem damaligen Freund dafür, dass er aus mir einen besseren Menschen gemacht hat, indem er immer darum bemüht war das Beste aus mir herauszuholen.

Meinen Lehrern, die positiv für meine Hochstufung abgestimmt haben dafür, dass sie an mich geglaubt haben. Ganz besonders Herrn Devantié, meinem ehemaligen Deutschlehrer, der so lieb war das Korrektorat und Lektorat zu übernehmen.

Und meinem Mann Rubén, der mich seit dem Tag an dem wir uns kennengelernt haben, dazu ermutigt hat, dieses Buch endlich zu vervollständigen und zu veröffentlichen, dafür, dass er mich so liebt wie ich bin.